EUROPA ERLESEN | HERAUSGEGEBEN VON LOJZE WIESER

EUROPA ERLESEN
PROVENCE

Herausgegeben
von
Sabine Schneider

Wieser *Verlag*

Wieser Verlag
A-9020 Klagenfurt/Celovec, Ebentaler Straße 34b
Telefon: +43(0)46337036 Fax: +43(0)46337635
e-mail: office@wieser-verlag.com
Homepage: http://www.wieser-verlag.com

•

Der Verlag dankt den Inhabern der Rechte für die Genehmigung zum Abdruck der Texte. Für einige Texte waren die Inhaber der Rechte leider nicht zu ermitteln; Rechteinhaber dieser Texte werden gebeten, sich an den Verlag zu wenden.

Die Titel wurden zum Teil vom Herausgeber gewählt.

ISBN 3 85129 336 3

Ante scriptum

Kaum drei Jahre ist es her, daß wir mit dem ersten Buch der Reihe EUROPA ERLESEN erschienen sind. Mittlerweile liegt im heurigem Herbst der Band 50 vor und die Reihe erfreut sich wachsender Popularität. Die kleinen literarischen Flachmänner, Kleinodien der Buchkunst, werden gerne auf Reisen mitgenommen und sind selbst zum Gegenstand der Begeisterung geworden: Sie wurden begehrte Sammlerobjekte.

Wir haben einen Bogen gespannt – von Island bis zu den Karpaten. Wir haben neben Standardregionen Neugier auf Unbekanntes gemacht und Altbekanntes mit anderen Augen betrachtet. Wir öffneten für über tausend Autorinnen und Autoren die Buchdeckel und baten sie, uns ihre Sicht der Stadt oder Region, ihres Umfeldes, der Besonderheiten und Alltäglichkeiten, zu schildern, uns an ihrem Denken und Fühlen teilhaben zu lassen. Viele von ihnen wurden in diesen Bänden im deutschsprachigem Raum erstmals in Übersetzung gedruckt. Andere haben wir mit ihren alten Übertragungen in den literarischen Kanon eingereiht.

Die Zunge reicht weiter als die Hand, *hat vor langer Zeit Karl Dedicius gesagt. Sie reicht weit über die Ängste und alle Grenzen und Begrenztheit hinaus. Sie braucht keine Volksabstimmungen und Volksbefragungen zur europäischen Erweiterung, denn die in der Sprache der Literatur zum Ausdruck gebrachte individuelle Universalität und universelle Individualität hat für sich schon längst die Erweiterung realisiert, den Ängsten die Kraft der Bilder der Andersartigkeit entgegen gehalten und hat in der ihr eigenen Art diese für sich aufgehoben. Wir haben diesem Bestreben in den kleinen Bänden der Reihe EUROPA ERLESEN Raum geboten. Damit möchten wir am Gobelin der Kulturen und Sprachen in Europa weiterknüpfen und jenem Geist Nahrung geben, der Grenzen im Kopf zu überwinden imstande ist, wie wir auch den Beweis angetreten haben, daß Literatur Bilder im Kopf entstehen läßt und dazu nicht unbedingt vierfärbig bedrucktes Papier benötigt.*

Wir vom Verlag möchten uns bei Ihnen, sehr geehrte Leserin und sehr geehrter Leser, liebe Buchhändlerin und lieber Buchhändler, bedanken und unser Bekenntnis wiederholen:

Wir möchten Sie zur Literatur verführen und Sie einladen, mit uns durchs vereinigte Europa zu reisen. So günstig werden Sie es nie mehr tun. Doch, ob es eine kurze oder lange Reise sein wird, hängt ganz von Ihnen ab. Verirren Sie sich im Labyrinth des Erzählten, oder flanieren Sie durch Höhen und Tiefen dieses Kontinents; Sie werden entspannt oder auch ermattet niedersinken. Wir vom Verlag werden uns bemühen, daß Ihnen der Proviant nicht ausgeht.

Mit Bildern der Sprache, mit Stimmen der Kleinen und der Unbekannten, mit Tönen der Großen und der Sichtbaren möchten wir unseren Beitrag leisten, daß in der heutigen Zeit Begrenztheit überwunden wird. Damit geben wir einem kontinentalen demokratischen Europa allen gegenläufigen Tendenzen zum Trotz eine Plattform. Dies ist der Anfang von allem politisch und literarisch Aufregenden.

Solange es in Österreich, Deutschland und der Schweiz noch 300 Buchhändler und Buchhändlerinnen gibt, die mit dem Buch bewußt umgehen, wird es auch weiterhin Leserinnen und Leser geben, die mit dem Buch reisen, leben und ins Bett gehen. Das freut mich und macht mich nicht bang, und dafür danke ich Ihnen mit der Bitte: Bleiben Sie uns gewogen.

Lojze Wieser, Ende September 2000

Inhalt

Sur le pont d'Avignon

Sur le pont d'Avignon, l'on y danse, l'on y danse,
Sur le pont d'Avignon, l'on y danse tous en rond.

Les beaux messieurs font comme ci
Et puis encore comme ça.

Les belles dames … Les cordonniers …
Les boulangers … Et les tailleurs …

Les musiciens font comme ci
Et puis encore comme ça.

Sur le pont d'Avignon, l'on y danse, l'on y danse
Sur le pont d'Avignon, l'on y danse tous en rond.

FRÉDÉRIC MISTRAL

(1830–1914)

Die Sprache der Provence

Toi, Seigneur Dieu de ma patrie, – qui naquis parmi les pâtres, – enflamme mes paroles et donne-moi du souffle – Tu le sais: parmi la verdure, – au soleil et aux rosées, – quand les figues mûrissent, vient l'homme, avide comme un loup, dépouiller entièrement l'arbre de ses fruits.

Tu, Segnour Diéu de ma patriô,
Que nasquères dins la pastriho,
Enfioco mi paraulo e douno-me d'alen!
Lou sabes: entre la verduro,
Au soulèu em'i bagnaduro,
Quand li figo se fan maduro,
Vén l'ome aloubati desfrucha l'aubre en plen.

Du aber, Herrgott meines Lands,
auch Du hast unter Hirten hier gelebt,
gib Atem meinem Wort! Du weißt,
im Grün des Blattwerks reift die Feige,
doch wenn die Sonne sinkt im Abendrot,
dann kommt, ein gieriger Wolf,
der Mensch und raubt dem Baum die Frucht.

Mais sur l'arbre dont il brise les rameaux, –
toi, toujours tu élèves quelque branche – où
l'homme insatiable ne puisse porter la main, –
belle pousse hâtive et odorante, et virginale,
beau fruit mûr à la Magdeleine, où vient
l'oiseau de l'air apaiser sa faim.

Mai sus l'aubre qu'éu espalanco,
Tu toujour quihes quauco branco
Ounte l'ome abrama noun posque aussa la man,
Bello jitello proumierenco
E redoulènto e vierginenco,
Bello frucho madalenenco
Ounte l'aucèu de l'èr se vèn leva la fam.

Selbst wenn er hoch hinauf die Äste bricht,
läßt Du ganz oben ein paar Zweige sprießen,
wohin kein Mensch je reicht mit seiner Hand:
den schnellen Trieb zum Tage der Madeleine
mit reifer Frucht, an der die Vögel ihren Hunger stillen.

Moi, je la vois, cette branchette, – et sa fraîcheur provoque mes désirs! – Je vois, au souffle des brises, s'agiter dans le ciel – son feuillage et ses fruits immortels … – Dieu beau, Dieu ami, sur les ailes – de notre langue provençale, – fais que je puisse aveindre la branche des oiseaux!

Iéu la vese, aquelo branqueto,
E sa frescour me fai lingueto!
Iéu vese, i ventoulet, boulega dins lou cèu
Sa ramo e sa frucho inmourtalo …
Bèu Diéu, Diéu ami, sus lis alo
De nosto lengo prouvençalo,
Fai que posque avera la branco dis aucèu!

Ich seh den Zweig,
sein frisches Grün weckt meine Lust.
Die Brise regt im Blau des Himmels Laub und Frucht.
Du schöner Gott, Gott-Freund, mach Du,
daß in der Sprache der Provence
ich nach dem Zweig der Vögel greifen kann.

ALPHONSE DAUDET

(1840–1897)

Mistral, der Erneuerer der provençalischen Sprache

Während Mistral mir seine Verse rezitierte in diesem schönen Provenzalisch, das zu mehr als zwei Dritteln aus Latein besteht und früher von Königinnen gesprochen wurde, heute aber nur noch von unseren Hirten verstanden wird, bewunderte ich diesen Mann und bedachte, in welchem Zustand des Verfalls er seine Muttersprache vorgefunden und was er daraus gemacht hatte. Ich stellte mir einen der Paläste der Fürsten von Les Baux vor, wie man sie noch in den Alpilles sieht: keine Dächer, keine Säulen mehr an den Geländern der Freitreppen, keine gemalten Glasfenster, die Rippen der Kreuzgewölbe zerbrochen, das Wappen über den Türen von Moos zerfressen; Hühner picken im Ehrenhof, Schweine wälzen sich unter den feinen Säulchen der Galerien, der Esel weidet in der Kapelle das Gras ab, das dort wächst, Tauben trinken Regenwasser aus dem großen Weihwasserbecken, und schließlich findet man in dem großen Verhau zwei oder drei Bauernfamilien, die sich in den Seitenflügeln des alten Palastes häuslich eingerichtet haben.

Und eines schönen Tages begeistert sich der Sohn eines dieser Bauern für die großen Ruinen und ist entsetzt, sie so geschändet zu sehen; in Windeseile verscheucht er das Vieh aus dem Ehrenhof. Unterstützt von Feen baut er ganz allein die große Treppe wieder auf, bringt an den Wänden die Holzverkleidung wieder an, setzt Glasfenster ein, richtet Türme auf, vergoldet den Thronsaal und baut den geräumigen Palast von früher wieder auf, wo einst Päpste und Kaiserinnen residierten.

Der neu erstandene Palast ist die provenzalische Sprache.

Der Bauernsohn ist Mistral.

FRÉDÉRIC MISTRAL

(1830–1924)

Das Königreich Provence

»Doch hätt er mich zur Königin gemacht,
und thronte er in einem Strahlenmantel,
bestickt mit goldenem Gerank,
das Haupt gekrönt mit einem Reif aus Perlen und Smaragd,
dann stieg ich, die Fürstin, nach Les Baux hinunter
und kehrte in die arme Heimat wieder.

Les Baux würde ich zur Hauptstadt machen!
Und auf dem Fels, wo heut Ruinen ragen,
sollt mir das alte Schloß wie neu erstehn
und einen großen Turm baut ich dazu,
der mit der weißen Spitze in die Sterne reichte.

Und, wenn ich mir Zerstreuung schaffen wollte,
dann stieg ich ohne Mantel, ohne Krone,
mit meinem Prinzen auf die höchste Zinne,
allein mit ihm, ich schwör's euch, wäre

das eine Lust, ein herrliches Vergnügen,
sich mit den Augen in der Ferne zu verlieren;
wir stünden Arm an Arm dort oben
und stützten uns dicht beieinander auf die Brüstung.

Dort von der Zinne meines Türmchens läge mir
mein ganzes Königreich Provence zu Füßen,
wie ein Orangengarten streckt sich's in die Weite,
sein blaues Meer wär ruhig ausgebreitet
am Saum der Hügel und der Ebenen;
und schön geschmückte große Boote
könnt' man mit vollen Segeln kreuzen sehen
in weiter Ferne dort am Fuß von Château d'If.

Auch den Ventoux, um den die Blitze zucken,
erblickte man, wenn man sich umdreht, von da oben,
sein weißes, würdiges Haupt ragt in die Sterne,
der Berg, hoch über allen andern,
die unter ihm sich in den Schatten ducken,
wie ein gewaltiger, alter Hirte,
der zwischen Buchenwald und wilden Kiefern,
auf seinen Stock gelehnt, die Herde mustert.

Und dann den Rhônefluß, in den so viele Städte
in langer Kette, lachend, singend,
zum Trunk die Lippen tauchen.
Die Rhône, die so stolz dahinfließt

und dennoch, wenn sie Avignon erreicht, bereit ist,
als Reverenz für unsere Kirche Nôtre-Dame-de-Dom
ausholend einen weiten Bogen zu beschreiben.

Und die Durance, die einer wilden Ziege gleicht,
so gierig nagt an Stechlaub und Wacholder
sie während ihres heftigen Laufs;
sie ist ein ausgelassenes Mädchen auch,
das mit dem Krug vom Brunnen kommt
und auf dem Weg mit allen Knaben tändelt,
bis sie die Hälfte aus dem Krug verschüttet hat.«

»Ihr Mädchen«, fährt die braune Azalaïs fort,
»da wir nun schon einmal am Spinnen sind
so laßt mich auch ein Weilchen Königin sein!
Marseille mit seinen Segelschiffen
und Ciotat, das mit Marseille schäkert,
und Salon mit den vielen Mandelbäumen
und Beaucaire mit der Jahrmarktswiese –
all das gehört jetzt einmal mir!

›Ihr Fräulein und ihr Bauernmädchen!‹ würd ich sagen,
›von Arles, von Baux, von Barbentane,
kommt mir wie eine Vogelschar herbeigeflogen,
kommt auf mein Schloß, zieht in den Pallas ein!
Ich will die sieben Schönsten von euch wählen,
sie sollen Lieb in der Waage wägen,
die trügerische und die heiße Liebe …
und dann ihr Sieben kommt und haltet Rat‹.«

STENDHAL

(1783–1842)

Über die Liebe in der Provence bis zur Eroberung von Toulouse im Jahr 1328 durch die Barbaren des Nordens

Die Liebe hatte in der Provence vom Jahre 1100 bis 1328 eine eigenartige Form. Es gab eine feststehende Gesetzgebung für die Liebesbeziehungen der beiden Geschlechter, so streng und so genau befolgt wie heute die Gesetze des *Ehrenpunktes*. Die Gesetze der Liebe sahen zunächst vollständig von den geheiligten Rechten der Ehegatten ab. Sie setzten keinerlei Heuchelei voraus. Sie nahmen die menschliche Natur wie sie ist und mußten daher viel Glück hervorrufen …

Ein so offizielles und offenkundiges Liebesleben scheint sich auf den ersten Blick nicht mit der wahren Leidenschaft zu vertragen. Wenn die Dame zu ihrem Verehrer sagte: »Gehet mir zuliebe das Grab unseres Herrn Jesus Christus in Jerusalem besuchen; dort werdet Ihr drei Jahre verweilen und dann zurückkehren«, so machte sich der Verehrer alsbald auf den Weg; ein Augenblick des Zögerns hätte ihn mit derselben Schmach bedeckt wie heute eine Schwäche im Ehrgefühle. Die Sprache dieses Volkes hat äußerste Feinheit, um die flüchtigsten Nuancen dieses Gefühls wiederzugeben. Ein anderes Merkmal, daß diese Sitten einen großen Fortschritt auf dem Wege der wahren Zivilisation bedeuteten, ist, daß das Land kaum den Schrekken des Mittelalters entronnen war und wir schon das schwächere Geschlecht weniger tyrannisiert sehen, als es heute *gesetzmäßig* ist; wir sehen die armen und schwachen Geschöpfe, die das meiste in der Liebe zu verlieren haben und deren Freuden am schnellsten vergehen, als Herrinnen über dem Geschick der Männer walten, die sich ihnen nähern. Drei Jahre im Exil in Palästina, der Übergang von einer freudenvollen Kultur zu dem Fanatismus und den Beschwerden eines Kreuzfahrerlagers mußte für jeden, der nicht ein wild begeisterter Christ war, eine drückende Fron sein …

Ein Geliebter, der nach zehnjähriger Intimität seine arme Geliebte verließ, da er wahrnahm, daß sie zweiunddreißig Jahre alt geworden war, verlor in der sympathischen Provence seine Ehre; er hatte keine andre Zuflucht, als sich in der Einsamkeit eines Klosters zu begraben. Ein Mann brauchte also nicht einmal großmütig, sondern nur vorsichtig zu sein, um nicht mehr Leidenschaft zu spielen, als er fühlte.

Wir erraten das alles, denn es sind uns recht wenig Denkmäler geblieben, die genauen Aufschluß geben.

Man muß die Gesamtheit der Sitten nach einigen besonderen Fällen beurteilen. Bekannt ist die Anekdote von dem Dichter, der seine Dame gekränkt hatte: nach zwei Jahren der Verzweiflung würdigte sie endlich seine zahlreichen Botschaften einer Antwort und ließ ihm sagen, wenn er sich einen Fingernagel ausreißen und ihr diesen Nagel von fünfzig liebenden und getreuen Rittern überreichen ließe, würde sie ihm vielleicht vergeben. Eiligst unterwarf sich der Dichter der schmerzhaften Operation. Fünfzig Ritter, die bei ihren Damen in Gunst standen, überbrachten diesen Nagel der gekränkten Schönen mit allem möglichen

Gepränge. Es gab eine Feierlichkeit, so imposant wie der Einzug eines Fürsten von Geblüt in eine der Städte des Königreichs. Der Liebende, in Farben der Reue gekleidet, folgte von weitem seinem Nagel. Nachdem die Dame die ganze Zeremonie vollzogen gesehen, geruhte sie ihm zu verzeihen; er wurde wieder in den Genuß seines ehemaligen Glückes eingesetzt. Die Geschichte meldet, daß sie zusammen noch lange glückliche Jahre verlebten. Ohne Zweifel beweisen die beiden Jahre der Buße eine wahre Leidenschaft und, wenn sie nicht schon vorher in solcher Stärke vorhanden war, so hätte sie dieselbe hervorgebracht ...

Obgleich die liebliche provenzalische Sprache, so reich an Feinheiten und stilisiert durch den Reim*, vermutlich nicht die Sprache des Volkes war, so waren doch die Sitten der Oberklasse in die unteren Klassen eingedrungen, die damals wenig Roheit aufwiesen, zumal sie sich eines erheblichen Wohlstandes erfreuten. Sie ernteten gerade die ersten Früchte eines sehr reichen, blühenden Handels. Die Anwohner des Mittelmeeres hatten gerade gelernt (im neunten Jahrhundert), daß Handel treiben und ein paar Schiffe dem Meer anvertrauen weniger peinlich und fast ebenso ergötzlich war, als im Gefolge eines kleinen Lehnsherren die Reisenden auf der nächsten Landstraße auszurauben. Bald danach sahen die Provenzalen des zehnten Jahrhunderts bei den Arabern, daß es süßere Genüsse gab als Plündern, Schänden und Raufen.

---

* Entstanden in Narbonne; eine Mischung aus Lateinischem und Arabischem.

Das Mittelmeer ist als Heimat der europäischen Kultur anzusehen. Die glücklichen Ufer dieses schönen Meeres, das ein so günstiges Klima hat, waren auch durch das wirtschaftliche Gedeihen ihrer Bewohner begünstigt und hatten nicht unter einer finsteren Religion oder Gesetzgebung zu leiden.

Ein deutliches Bild einer ähnlichen Wirkung der gleichen Ursache geben uns die italienischen Städte, deren Geschichte uns anschaulicher überliefert ist und die uns glücklicherweise Dante, Petrarca und die Malerei hinterlassen haben.

Die Provenzalen haben uns keine große Dichtung hinterlassen wie die *Göttliche Komödie*, in der sich alle Eigenart der zeitgenössischen Sitten spiegelt. Sie besaßen, scheint mir, weniger Leidenschaft und viel mehr Heiterkeit als die Italiener. Sie hatten von ihren Nachbarn, den spanischen Mauren, eine angenehme Lebensauffassung. Die Liebe herrschte mit Frohmut, Festen und Genüssen in den Schlössern der glücklichen Provence.

Haben Sie im Opernhaus das Finale einer schönen komischen Oper von Rossini gehört? Alles ist Heiterkeit, Schönheit, ideale Herrlichkeit auf der Bühne. Wir sind tausend Meilen entfernt von den häßlichen Seiten der menschlichen Natur. Die Oper ist zu Ende, der Vorhang fällt, die Zuschauer gehen, der Kronleuchter wird heraufgezogen, man löscht die Lampen. Geruch der schlecht gelöschten Lichter erfüllt den Saal, der Vorhang hebt sich halb, man sieht schmutzige, schlechtgekleidete Gesellen sich plagen; mit häßlichen Bewegungen nehmen sie den Platz ein, den eben noch junge Frauen mit ihrer Anmut erfüllten.

So wirkte auf das Königreich der Provence die Eroberung von Toulouse durch das Kreuzritterheer. An Stelle von Liebe, Huld und Heiterkeit bekam man die Barbaren des Nordens und den heiligen Dominikus. Ich will diese Seiten nicht mit einem Bericht von den haarsträubenden Greueln der Inquisition, die damals in frischem Jugendeifer wütete, beflecken. Jene Barbaren waren unsere Väter; sie töteten und plünderten alles, sie zerstörten aus Lust am Zerstören, was sie nicht mitnehmen konnten; eine wilde Wut hetzte sie gegen alles, was Spuren von Kultur trug; obendrein verstanden sie kein Wort der schönen Sprache des Südens, was ihre Raserei noch verdoppelte. In ihrem Aberglauben und geführt von dem entsetzlichen heiligen Dominikus glaubten sie den Himmel zu gewinnen, wenn sie die Provenzalen töteten. Mit diesen war es zu Ende; keine Liebe, kein Frohsinn, keine Poesie mehr; kaum zwanzig Jahre nach der Eroberung (1335), waren sie fast so barbarisch wie die Franzosen, wie unsere Väter.

Woher war in diesem Weltwinkel die reizende Kulturform gekommen, die während zweier Jahrhunderte das Glück der hohen Herrschaftsklassen bildete? Offenbar von den spanischen Mauren.

INGEBORG TETZLAFF

(1975)

Das Parlament von Aix und die Waldenser

Das Parlament zu Aix wurde 1501 geschaffen, und es scheint nur sehr bedingt zum Wohl des Landes gewirkt zu haben. Es verschuldete eine der schrecklichsten Verfolgungen Andersgläubiger in der Provence während ihrer daran wahrhaftig nicht armen Geschichte. In der ersten Hälfte des 13. Jahrhunderts hatten die Albigenserkriege zwanzig Jahre lang beide Seiten zu den fürchterlichsten Grausamkeiten verleitet, im 16. Jahrhundert lieferte die Sekte des Petrus Valdus aus Lyon den Vorwand zu dem Massaker von 1545, in dem sich persönlicher Haß, Rachedurst und Gewinnsucht aufs grauenhafteste austobten. Die Rolle, die der im Parlament vereinigte Landadel dabei spielte, war wenig rühmlich und rechtfertigt das Urteil des Volkes über die drei Geißeln der Provence, das Parlament, den Mistral und die Überschwemmungen der Durance:

»Parlamen, Mistrau e Durenço,
Soun lis tres fleù de la Provènço«,

heißt es auf Provençalisch, auf Französisch:

»Parlement, Mistral et Durance
Sont les trois fléaux de la Provence«.

Die Waldenser, deren Sekte schon seit dem 12. Jahrhundert bestand, hatten in den Dörfern am Südhang des Luberon eine Zuflucht gefunden, und da sie arbeitsam, ehrlich und zuverlässig waren, wurden sie von den adligen Familien, auf deren Ländereien sie lebten, geschätzt und geschützt. Anlaß zu ihrer Verfolgung, richtiger wohl, die legale Gelegenheit dazu, bot ein Dekret Franz' I. von Frankreich. Der König wollte damit vor allem seine Kirchentreue beweisen, die wegen seiner guten Beziehungen zu den protestantischen deutschen Fürsten und seiner Allianz mit dem Großtürken in Zweifel gezogen werden konnte. Schon 1524 hatten die Verfolgungen begonnen, 1536 waren einige Bewohner von vier Dörfern am Luberon öffentlich verbrannt worden, 1540 hatte das Parlament die Vernichtung des Dorfes Mérindol beschlossen, war aber durch königlichen Befehl daran gehindert worden. Fünf Jahre später gelang es dann dem damaligen Präsidenten des Parlaments von Aix, dem Baron von Oppède, von Franz I. die Genehmigung zur Durchführung des Urteils von 1540 zu erlangen. Er befriedigte damit persönliche Rachsucht.

Denn der Vernichtungsfeldzug, in dem mit äußerster Brutalität Cadenet, Lourmarin, Ménerbes, Mérindol und zwanzig andere Dörfer geplündert und angezündet wurden, in dem mehr als 2000 Menschen gehenkt, gesteinigt, geköpft, verbrannt oder erschlagen und mehr als 800 Männer – zu einem Taler das Stück! – auf die Galeeren verkauft wurden, war die Antwort des Herrn Maynier d'Oppède auf die Weigerung der Dame de Cental, Baronin von Tour d'Aigues, ihn zu heiraten. Sie besaß vierundzwanzig Dörfer, in denen sie

Waldenser-Familien angesiedelt hatte. Der Präsident des Parlaments zu Aix aus dem Bergnest Oppède im Luberon vernichtete also aus Haß, was er als Mitgift zu erlangen versucht hatte.

Der Widerstand der Anhänger der »reinen Lehre« war heroisch. Frauen halfen bei der Verteidigung der Dörfer, warfen von den Mauern ihren verfolgten Töchtern das Messer zu, bevor sie in die Hände der Soldateska fielen. Daß schließlich Grausamkeit mit Grausamkeit vergolten wurde, war schlimm, aber nicht unverständlich. Erschütternd das Aufflammen hemmungsloser Leidenschaftlichkeit, dem man immer wieder in der Provence sowohl bei den Massen wie bei den einzelnen Charakteren begegnet; erstaunlich der religiöse Fanatismus, mit dem sich karg-ernste, rational ausgerichtete Reformbewegungen wie die der Albigenser, Waldenser und Hugenotten gegen den farbig prunkenden, italienisch gefärbten Katholizismus zur Wehr setzten.

BISCHOF ESPRIT FLÉCHIER

(1632–1710)

Der Glaubenskrieg

An die Marquise von Sénecterre

Sie haben recht, mich in der traurigen Lage, in der ich mir hier seit fast zwei Jahren befinde, zu beklagen, wo ich die neu Bekehrten meines Bistums, die – wie

Sie wissen – in der Stadt und auf dem Lande sehr zahlreich sind, die ich seit ihrer Bekehrung unterwiesen, bedient, unterstützt, mit viel Milde und Barmherzigkeit behandelt hatte, fast vollkommen wieder alle abgefallen und mit einem Male in Feinde Gottes, des Königs, der Katholiken und besonders der Geistlichen verwandelt sehe. Die Ausübung unserer Religion ist in drei oder vier Bistümern fast beseitigt, mehr als viertausend Katholiken sind auf dem Lande ermordet, achtzig Priester niedergemetzelt, an die zweihundert Kirchen niedergebrannt worden. Das ist der Stand im allgemeinen.

Wir selbst sind in einer Stadt, wo wir weder Ruhe noch Freude, selbst nicht einmal Trost haben. Sind die Katholiken die stärkeren, fürchten die andern ermordet zu werden; sind die Fanatiker hier in großer Zahl, fürchten es die Katholiken ihrerseits. Ich muß trösten und bald die einen, bald die anderen beruhigen. Wir sind hier wie eingeschlossen, und man kann nicht fünfzig Schritte aus der Stadt herausgehen ohne Furcht und ohne Gefahr, getötet zu werden. Es ist nicht gestattet, sich zu ergehen oder frische Luft zu schöpfen. Von meinen Fenstern habe ich alle unsere Landhäuser ungestraft verbrennen sehen. Es vergeht fast kein Tag, an dem ich nicht beim Erwachen irgendein Unglück erfahre, das sich in der Nacht zugetragen hat. Mein Zimmer ist voller Leute, die man zugrunde gerichtet hat, armer Frauen, denen man gerade die Gatten getötet hat, geflüchteter Pfarrer, welche die Leiden ihrer Pfarreien darlegen. Alles erregt Abscheu, alles erregt Mitleid. Ich bin Vater, ich bin Hirte. Ich muß die einen trösten, die anderen besänftigen, allen helfen und Unterstützung geben. Man hat eine große Truppe jener Aufständischen vernichtet und glaubt, alles sei zu Ende. Man täuscht sich. Die Geister sind so verdorben, daß ihre Niederlagen sie nur weiter aufreizen. Das ist mein Zustand und meine Beschäftigung.

FRITZ J. RADDATZ

Paradies im Schatten

Verstehen Sie doch endlich dort an Ihrem lateinischen Meer, daß es sich bei den Vorgängen in Deutschland gar nicht um politische Kniffe handelt, die man in der bekannten dialektischen Manier verdrehen und zerreden könnte, sondern es handelt sich um das Hervortreten eines neuen biologischen Typs, die Geschichte mutiert und ein Volk will sich züchten. Allerdings ist die Auffassung vom Wesen des Menschen, die dieser Züchtungsidee zugrunde liegt, dahingehend, daß er zwar vernünftig sei, aber vor allem ist er mythisch und tief. So hieß es in Gottfried Benns unheilvoller »Antwort an die literarischen Emigranten«, die mit diesen Sätzen begann: *Sie schreiben mir einen Brief aus der Nähe von Marseille. In den kleinen Badeorten am Golf de Lyon, in den Hotels von Zürich, Prag und Paris, schreiben Sie, säßen jetzt als Flüchtlinge die jungen Deutschen, die mich und meine Bücher einst so verehrten. Durch Zeitungsnotizen müßten sie erfahren, daß ich mich dem neuen Staat zur Verfügung hielte, öffentlich für ihn eintrete, mich als Akademiemitglied seinen kulturellen Plänen nicht entzöge. Sie stellen mich zur Rede, freundschaftlich, aber doch sehr scharf. Sie schreiben: Was könnte Sie dahin bringen, Ihren Namen, der uns der Inbegriff des höchsten Niveaus und einer geradezu fanatischen Reinheit gewesen ist, denen zur Verfügung zu stellen, denen das ganze übrige Europa gerade diesen Rang bestreitet?*

Der grausliche Brief – im »Schicksalsrausch« geschrieben, wie Gottfried Benn sich später selbst kritisiert – ging an Thomas Manns Sohn Klaus; der hatte in einem so dringlichen wie schmerzlichen Appell, adressiert an den »Lieben und verehrten Doktor Benn«, geschrieben:

In welcher Gesellschaft befinden Sie sich dort? Was konnte Sie dazu bringen, Ihren Namen, der uns Inbegriff des höchsten Niveaus und einer geradezu fanatischen Reinheit gewesen ist, denen zur Verfügung zu stellen, deren Niveaulosigkeit absolut beispiellos in der europäischen Geschichte ist und von deren moralischer Unreinheit sich die Welt mit Abscheu abwendet?

Klaus Manns Brief ist eines der erschütternden Zeugnisse der deutschen Emigrationsliteratur; er trug das Datum vom 9. Mai 1933 (einen Tag vor der Bücherverbrennung auf dem Berliner Opernplatz). Der Absendeort war Sanary-sur-Mer.

Tatsächlich saßen in vielen kleinen Nestern der französischen Mittelmeerküste eine ganze Menge jener deutschen Schriftsteller, die das Dritte Reich rasselnd ausgespien hatte, die sich unmittelbar nach dem Reichstagsbrand retten konnten: Walter Hasenclever in Le Lavandou und später in Cagnes-sur-Mer, Heinrich

Mann in Nizza, Alfred Döblin im Zickzack per Bahn, Bus und Auto auf der Suche nach seiner Frau. Die Geschichte dieses französischen Exils ist zusammenhängend noch nicht geschrieben worden, und sie trägt Züge nicht nur des Elends und der Not, sondern auch der Farce; denn es war ja erst der Beginn einer langen Irrfahrt. Noch glaubten die meisten antifaschistischen Schriftsteller an ein rasches Ende des Hitler-Spuks, wähnten sich in einem unselig verlängerten Urlaub von der Heimat, doch von überschaubarer Frist. Manche – wie Brecht oder Thomas Mann – hatten wenigstens einen Teil ihres Vermögens außerhalb Deutschlands. Etlichen – wie Kurt Pinthus – gelang es, Bibliothek oder Manuskripte aus den verlassenen Häusern in Berlin oder München zu holen. Walter Hasenclever, unter Anspielung auf eines seiner erfolgreichsten Stücke »Ein besserer Herr«, schilderte seine Situation in Cagnes-sur-Mer »mit Haus, Garten, Gemüse, Tieren, Garage, Auto in der herrlichen Landschaft« als relativ behaglich, wo er »nebst Weib mit 75 Dollar im Monat ›als besserer Herr‹ existieren kann – für welchen Betrag mir in Amerika die Badeschnur des armen Toller winken würde«.

Die Côte d'Azur war ein großer Wartesaal – und niemand wußte, werden Züge kommen oder gehen, zurückfahren oder fortführen; wird es gar ein mächtiger Sackbahnhof sein. Hauptstation war Sanary-sur-Mer.

Wer den Ort »erfunden« hat, ist so umstritten wie die »Gründung« des Wortes Dada. Aber sehr bald saßen in den beiden kleinen Cafés am winzigen Hafen – mal vorübergehend, mal für Monate; manch einer für Jahre – René Schickele und Fritzi Massary, Thomas Mann und Arnold Zweig, Erwin Piscator und Alfred Kerr, Franz Werfel und Friedrich Wolf, Heinrich Mann, Bertolt Brecht und Ernst Toller. Der Kramladen, als wollte er ein Motto für das Miteinander so heterogener Geister geben, hieß *L'agréable et l'utile*, »Angenehmes und Nützliches«. Ludwig Marcuse, der den (damals) gänzlich untouristischen Flecken neben dem Berliner Vorort Eichkamp seine heimatlichste Heimat nannte, hat das Nest unvergeßlich beschrieben: *Es war so klein, daß ich mit ihm zusammenwachsen konnte. Der Winter war kurz und leicht – mit Rosen, weißem Thymian, frühen Mimosen und Nelken. Es war gar kein Winter, wenn man aus dem Norden kam. Im Januar wurde es schon wieder Frühling. Wir wanderten ins Land hinein; die Narzissen-Felder betäubten uns so schmeichelnd, daß ich noch in den trübsten Stunden zum Leben verführt wurde. Viele klagten über den Mistral; wie die Cypresse, die er so heftig niederdrückte, daß sie nicht mehr hochkonnte, fühlte man sich vergewaltigt. Ich kannte ihn, als ich hier ankam, nur per Renommée, aus dem schönsten Nietzsche-Poem; er wurde mein Freund, weil er für mich dasselbe tat wie für den Himmel: er fegte die Wolken weg, ich wurde ganz blank.*

Das klingt idyllischer, als die Wirklichkeit wohl war; ein Zeitgenosse korrigierte diese Pastorale – Marcuse habe wohl vergessen, daß das Gärtnerhäuschen mit Abort unter einem Ölbaum die einzige Behausung und die Fischerhose und Espadrillos die einzige Bekleidung der deutschen Mittellosen gewesen seien.

Der »König« von Sanary hatte ein paar Hosen mehr: Lion Feuchtwanger. Der Mann, der wie kein anderer Schriftsteller »Meine Freunde, die Poeten« sagen und sie zugleich herzhaft verspotten konnte, Hermann Kesten, hat eine Begegnung mit dem von Thomas Mann ironisch »kleiner Meister« Titulierten festgehalten:

Ich ging mit meinem Nürnberger Schulfreund Fritz Feldheim, einem Bewunderer von Stefan George, zwischen den Weinfeldern und unter den Ölbäumen von Sanary bis Bandol spazieren, an einem silbernen Morgen; als wir plötzlich Feuchtwanger trafen, der eine Stunde lang zu meinem Freund in Zahlen redete, in den Auflagenzahlen von Feuchtwangers Werken, 130.000 die »Häßliche Herzogin«, 240.000 der »Jud Süß«, 350.000 Exemplare der »Erfolg«, wie hoch die Tantiemen waren, wie viele Monate er auf der Bestsellerliste gestanden, und die albanische Ausgabe, oder die vierte andalusische, oder neunte koptische Ausgabe, oder die Library Guild und der Book of the Month Club, und Huebsch von der Viking Press, und Dr. Landshoff vom Querido-Verlag und Hutchinson in London und Mondadori in Milano, 790.000 und 34.000 Dollar, oder Pfunde? Als mein georgianischer Schulfreund und ich, alleingeblieben, dem Dichter nachblickten, wie er immer kleiner wurde, unter den Ölbäumen und zwischen den Weinfeldern, stand mein Freund bleich und betreten da und fragte: »Ist das ein großer Dichter?« – »Ein sehr berühmter, sehr erfolgreicher«, sagte ich. Die Ziffern stimmten.

Auch das war wiederum nur die halbe Wahrheit. Die Villa Lazare, in der Feuchtwangers anfangs Unterschlupf fanden, war keineswegs das, was man in Deutschland eine »Villa« nennt: eine Küche, drei kleine Zimmer, keine Heizung, ein paar Matratzen, wacklig zusammengeleimte Stühle und eine Platte auf Holzgestellen als Arbeitstisch – so begann es, und der Duft von Rosmarin, Salbei und Thymian mußte wohl für den gewohnten Grunewald-Komfort entschädigen. Von dem geblieben war lediglich der morgendliche Dauerlauf, dreißig Runden ums Haus, »angefeuert und kontrolliert von Frau Marta«, wie der nebenan in einem Pinienwäldchen wohnende Aldous Huxley amüsiert durch ein Fernrohr beobachtete. Dessen Telefonanschluß rettete übrigens Frau Feuchtwanger das Leben: Zu einem Besuch hatten Marta und Lion in ihrem Renault Bertolt Brecht und Arnold Zweig von der Bahn abgeholt, und als die drei von den Klippen das Meer anschauten, rollte der schlecht gesicherte Wagen auf sie zu; wäre Frau Feuchtwanger nicht aufs Trittbrett gesprungen und hätte durchs Wagenfenster das Lenkrad herumgerissen – drei bedeutende deutsche Schriftsteller wären in den Abgrund gerissen worden. Der Wagen aber überschlug sich, verletzte Marta Feuchtwanger schwer, der ehemalige Medizinstudent Brecht band ihr mit seinem Gürtel das Bein ab, und von Huxleys Telefon konnte die Ambulanz gerufen werden.

Erst das zweite Haus, die Villa Valmer, wurde das »prächtige Nest«, wie Freunde es tauften und das Marta Feuchtwanger liebevoll beschrieb: *Ein Haus mit drei Stockwerken und einer wunderbaren Aussicht übers Meer und die Inseln. Sie war auf einem Hügel gelegen und hatte einen großen Garten mit Feigenbäumen, anderen Obstbäumen und vielen Ranken und*

Rosen – ein richtiger französischer Rosengarten, wie von Renoir gemalt. Und es gab eine große Terrasse, eingehüllt von Bougainvilleas. Ich mietete das ganze Haus. Im ersten Stock befand sich nur das Arbeitszimmer und die Bibliothek – Lion hatte sofort angefangen, mit den neuen Einnahmen Bücher zu bestellen. Hinter dem Haus lag ein riesiges Gelände von Wiesen, Baumgruppen, Obst- und Nußbäumen, und im Hintergrund ragten hohe Berge auf. Auch Mandelbäume gab es, und niemand war da, die Früchte zu ernten.

Alfred Kantorowicz wurde noch nach Kriegsende, inzwischen Professor für neueste deutsche Literatur an der Humboldt-Universität in Ost-Berlin und Direktor des Heinrich-Mann-Archivs, nicht müde, freundschaftlich-spottend auf den Anachronismus hinzuweisen: Kurz vor der Machtübernahe hatte sich Lion Feuchtwanger eine prachtvolle Villa in Berlin-Grunewald bauen und mit erlesenen Antiquitäten ausstatten lassen – vor allem aber eine viele tausend Bände umfassende, kostbare Bibliothek eingerichtet. Das mußte er verlassen – und baute sich dasselbe noch einmal in Frankreich, bis die Nazis kamen und er auch das verlassen mußte.

Kantorowicz, in den zwanziger Jahren Paris-Korrespondent der »Vossischen Zeitung«, im Exil Begründer der »Deutschen Freiheitsbibliothek« und, neben Arthur Koestler und Alexander Abusch, Mitarbeiter an Willi Münzenbergs im Pariser Exil entstandenen »Braunbuch« über den Reichstagsbrand, schildert sein bei Feuchtwanger gefundenes Obdach weniger prunkvoll; nach einer Bahnfahrt in Handschellen wurde der von den Franzosen inhaftierte Hitler-Gegner freigelassen, weil man nicht wußte, wohin mit ihm: *Mais personne ne le veut*, und niemand wollte ihn haben. Viel mehr als Tee und Brot hatte auch der »Erfolgs«-Autor dem Freund und Gast nicht zu bieten: *Als es um die Weihnachtszeit sehr kalt wurde, begannen wir, die Regale von Feuchtwangers Bibliothek zu verheizen – die Bücher waren schon in vielen großen Kisten abtransportiert worden und irgendwo gelagert; sie erreichten den Besitzer erst nach dem Ende des Krieges in seinem Haus in Kalifornien.*

Man kann sich wohl die Lebens- und Arbeitssituation der Emigranten in ihrer »Kolonie« Sanary nicht widersprüchlich, auch spannungsgeladen genug vorstellen. Das waren ja keineswegs Freunde, eher vom Rechen des Schicksals zusammengefegte literarische Gegner: Kerr hatte Brecht und Piscator zeitlebens abgelehnt; Piscator wiederum das dramaturgische Konzept Friedrich Wolfs; Joseph Roth, in einem Brief von Nizza nach Nizza an René Schickele, verschloß sich scharf gegen das leiseste Schweigen oder Vergeben Mitläufer-Kollegen gegenüber und schrieb: »Seit wann ist es so, daß ein Schriftsteller sagen darf, ich muß lügen, weil meine Frau leben und Hüte tragen muß?« Ludwig Marcuse hatte den Kommunisten Kantorowicz verhöhnt, und auch Annette Kolb und Alma Mahler-Werfel waren nicht zwei Damen beim Tee. Der ebenfalls nach Saint-Cyr geflüchtete Kunsthistoriker Julius Meier-Graefe war gar nach Rapallo gefahren, weil er nicht begreifen und akzeptieren konnte, daß sein ältester Freund Gerhart Hauptmann – »In diesem Mann war Gott«, hatte er über Hindenburg gesagt – die Eröffnung der Reichskulturkammer durch seine Anwesenheit legitimiert und nach einem Hitler-Empfang gesagt hatte, dies sei der glücklichste Moment seines Lebens gewesen. Papal hatte Hauptmann dem entsetzten Meier-Graefe die Hitlerbewegung verschönt: »Das ist ein Naturgeschehen. Kannst du gegen einen Wasserfall anschwimmen?« Ganz der Herr Peeperkorn aus dem »Zauberberg«.

Doch auch Thomas Mann konnte Werfel nicht ausstehen und der wiederum Feuchtwanger nicht. Marta Feuchtwanger erzählt ein scharfes Rencontre der beiden beim Pariser PEN-Kongreß: *Den Schluß des Kongresses bildete ein großes Bankett, und da hatte Lion zu sprechen. Er verbreitete sich vor allem über die Redefreiheit, die Hitler in Deutschland abgeschafft hatte. Lions Rede, die er, leicht auf der Oberlippe schwitzend, absolvierte, wurde mit feierlichem Respekt aufgenommen.*

Dann trat Werfel ans Rednerpult. Wir hatten uns beide von einer Begegnung mit ihm viel versprochen, kannten und bewunderten wir doch seinen Roman »Die vierzig Tage des Musa Dagh«. Zu unserem Erstaunen hörten wir jetzt, wie er Lion wegen seiner Reise nach Rußland und des Empfangs bei Stalin angriff. Er sprach leidenschaftlich – wenn ich mich recht erinnere, auf deutsch –, aber die Hörer konnten nicht viel damit anfangen. Wir waren betroffen. Gegen Ende des Abends trafen sich Lion und Werfel, und Lion lud ihn für den nächsten Tag zu uns ins Hotel ein, als sei nichts geschehen.

Werfel kam, und die Unterhaltung drehte sich bald um Politik. Ich, die sich sonst nie in die Gespräche der Männer einmischte, wollte Lion beistehen und sagte törichterweise: »Wenn man von dem Elend des russischen Volkes spricht, darf man nicht vergessen, daß die Armut von allen geteilt wird – es gibt keine Standesunterschiede.« Da wurde Werfel, der bis dahin ganz österreichische Freundlichkeit war, sehr zornig. Er schrie mich an: »Schweigen Sie, Sie verstehen nichts von Politik.« Ich war tief erschrocken – schließlich war Werfel unser Gast, und wie ich Lion kannte, war ihm der Vorfall peinlich. Doch Werfels Zorn war schnell verraucht. Er kniete vor mir nieder und bat: »Können Sie mir verzeihen?« Lion bestellte Kaviar.

Die meisten deutschen Emigranten wußten nicht, wovon sie leben sollten. René Schickele, vor 1933 immerhin Mitglied der Preußischen Akademie, war dem Verhungern nah und mußte die *American Guild for Cultural Freedom* um Unterstützung bitten. Walter Benjamin schrieb in *Cahiers du Sud*, und Heinrich Mann ernährte sich vom Honorar für eine Wochenkolumne in einer unbekannten französischen Provinzzeitung namens *Dépêche de Toulouse*. Geschichtsschreibung ist ein widersprüchliches Ding, und selbst Augenzeugen vermitteln diametral entgegengesetzte Bilder. Marcuse entwirft eine Szenerie des Friedfertigen: *Jeden Morgen fand in Sanary eine Criée statt. Die kleinen Bauern der Umgebung kamen in den Ort und verauktionierten ihre Produkte: Gemüse und Früchte. Die Besitzer der Lebensmittelgeschäfte ersteigerten, was sie brauchten. Was übrigblieb, ramschten ein paar Privatkunden; sie mußten dann den ganzen Rest nehmen. So kam Sascha nach Haus mit zehn Dutzend Artischocken oder acht Körben Erdbeeren oder ungezählten Feigen. Ich habe nie wieder so gut und so eintönig und so billig gegessen.*

Aber des grundgütigen, leisen, hochgebildeten ehemaligen Rowohlt-Cheflektors Franz Hessels Schicksal hat Kantorowicz sehr anders notiert: *Gestern war der alte Hessel bei uns. Wir begegnen ihm oft im Dorf mit einem Schubkarren, einer Markttasche, einem Sack voll Holz. Der gütige alte Mann (den sein gelähmter Sohn und seine kranke Frau nicht von den Alltagssorgen entlasten können) erträgt Hunger und Kälte mit der gleichen heiteren Gelassenheit wie die Unbillen der Lagerzeit in Les Milles, des Transportes im Gespensterzug und die Krankheit in St. Nicolas bei Nîmes. Er hat sogar noch literarische Pläne: Er will uns überreden, während der Wartezeit mit ihm gemeinsam einen zeitgemäßen »Dekamerone« zu schreiben. Unter dem Titel »Erzählungen am Lagerfeuer von St. Nicolas« sollen Erlebnisse und Schicksale in unserem Jahrhundert eingefaßt werden. Ein guter Einfall – aber ich fürchte, dem gebrechlichen Franz Hessel wird die Zeit nicht mehr bleiben, ihn auszuführen.*

Zwei Tage nach dieser Tagebucheintragung war Franz Hessel tot.

Doch Pläne hatten sie alle. Feuchtwanger schrieb am Oppenheim-Roman, Brecht an seiner Szenenfolge »Furcht und Elend des Dritten Reiches«, die 1938 unter dem Titel »99 Prozent« auf einer Pariser Exilantenbühne aufgeführt wurde, Döblin seinen autobiographischen Gesellschaftsroman »Pardon wird es nicht geben«, und Heinrich Mann entwarf das als Hommage ans Gastland gedachte historische Fresko vom guten König Henri Quatre. Einer der allerersten Briefe aus Sanary trägt das Datum vom 15. Mai 1933 und stammt von Klaus Mann: *Lieber Hermann Kesten*

– wie geht es Ihnen, was machen die Deux Magots, ist es in Paris auch so lächerlich windig wie hier? – Ich schreibe Ihnen aber gar nicht, um das zu erfahren; vielmehr: Es hat sich mir eine Möglichkeit geboten, in Zürich eine Zeitschrift herauszugeben, und zwar zusammen mit der Annemarie Schwarzenbach, die Sie vielleicht kennen. Wir wollen sie recht schön und fein machen, ganz literarisch, und oppositionell nur auf eine würdige Weise. Sie soll auch »Die Sammlung« heißen und mit französischen Beiträgen erscheinen. Joseph Roth hat uns auch schon was versprochen. Es ist ja ganz selbstverständlich, daß wir von Ihnen unbedingt gleich was haben wollen – zuerst am liebsten eine kleine Erzählung, es dürfte aber auch ein Aufsatz sein. Wir können nicht fürstlich zahlen, aber doch ein wenig. Der Beitrag müßte in der zweiten Junihälfte allmählich in unsere Hände kommen. Aber vorher schreiben Sie mir doch bitte gleich, ob Sie etwas machen mögen – es läge uns viel daran! – und schützen Sie nicht Nervosität und Arbeitsunlust vor!

Es gibt so schrecklich wenige junge Autoren, die für uns in Frage kommen, – und die, so es gibt, dürfen uns nicht sitzenlassen. Schreiben Sie mir also bitte gleich, daß Sie mitmachen und sich sogar freuen. Übrigens komme ich in zwei bis drei Wochen noch einmal durch Paris. Sonst – alles Herzliche. Ihr Klaus Mann

Kein Autor, von Joseph Roth bis Arnold Zweig, der nicht Ähnliches schrieb. Kein Literat, von Münzenbergs *Editions du Carrefour* bis zu Leopold Schwarzschilds »Neues Tage-Buch«, der nicht gründete, redigierte, herausgab, pleite ging. Kein Denker, von Walter Benjamin bis Ernst Bloch, der nicht bisherige Positionen überprüfte; als Bloch in Sanary eintraf, beeindruckte er im Nu mit seinem talmudisch-bänkelsängerischen Klären des Marxismus – voll raffinierter Thesen, Witze, voll Fußangeln und verspielter Wendungen. Berühmt wurde sein Satz zum obligaten Kulturerbe: »Gewiß muß die Tante tot sein, die man beerben will; doch vorher kann man sich schon sehr genau im Zimmer umsehn.«

Die Zimmer der emigrierten Schriftsteller waren ärmlich und leer. Die Köpfe waren es nicht. Die Liste der allein in Sanary-sur-Mer entstandenen Bücher, Gedichte, Dramen, Essays bilden den Katalog einer erlesenen Bibliothek der deutschen Literatur des 20. Jahrhunderts. Lion Feuchtwanger, Autor des Romans »Exil«, hat in einem kurzen Aufsatz die »Arbeitsprobleme des Schriftstellers im Exil« skizziert: *Das Exil ist kein zufälliger Nebenumstand, es ist die Quelle dieser Werke. Nicht die Stoffe dieser Dichter haben sich verändert durch ihre Verbannung, sondern ihr Wesen.*

Der Schriftsteller, der den Leserkreis seines eigenen Landes verliert, verliert mit ihm sehr häufig das Zentrum seiner wirtschaftlichen Existenz. Sehr viele Schriftsteller, die in ihrem eigenen Land marktfähig waren, sind trotz höchster Begabung im Ausland nicht verkaufbar, sei es, weil ihr Wert vor allem im Sprachlichen liegt und dieses Sprachliche nicht übertragbar ist, sei es, weil ihre Stoffe den ausländischen Leser nicht interessieren.

Dazu kommt, daß viele Schriftsteller mehr als andere Exilanten leiden unter den läppischen kleinen Miseren, aus denen der Alltag des Exils sich zusammensetzt. Es ist keine große Sache, in einem Hotel wohnen zu müssen und auf Schritt und Tritt bürokratischen Weisungen unterworfen zu sein. Aber einen weitgespannten Roman in einem Hotelzimmer zu schreiben ist nicht jedem Schriftsteller gegeben, es reißt an den Nerven; es reißt doppelt an den Nerven, wenn der Autor nicht weiß, ob er morgen noch dieses Hotelzimmer wird zahlen können, wenn seine Kinder ihn um Essen bitten, und wenn die Polizei ihm mitteilt, daß binnen drei Tagen seine Aufenthaltsbewilligung abgelaufen ist.

Die Leiden der Verbannung sind nur in seltenen Augenblicke heroisch, sie bestehen zumeist in kleinen, albernen Mißlichkeiten, denen sehr oft etwas leise Lächerliches anhaftet. Aber die Überwindung dieser kleinen äußeren Schwierigkeiten kostet im günstigsten Fall viel Zeit und Geld.

Von mir zum Beispiel verlangte man in verschiedenen Ländern, ich solle Papiere beibringen, die ich als Flüchtling nicht haben konnte, ich solle mit Dokumenten aus meiner Heimat nachweisen, daß ich ich bin, daß ich geboren bin und daß ich Schriftsteller bin. Ich übertreibe nicht, wenn ich konstatiere, daß die Bemühungen, dies nachzuweisen, mich ebenso viel Zeit gekostet haben wie das Schreiben eines Romans.

Immer und für alles haben wir den Klang der fremden Sprache im Ohr, ihre Zeichen drängen täglich, stündlich auf uns ein, sie knabbern an unserem eigenen Ausdrucksvermögen. Einem jeden unter uns kommt es vor, daß sich manchmal das fremde Wort, der fremde Tonfall an die oberste Stelle drängt.

Einige von uns haben es mit einigem Erfolg versucht, in der fremden Sprache zu schreiben: wirklich geglückt ist es keinem … Allmählich, ob wir es wollen oder nicht, werden wir selber verändert von der neuen

Umwelt, und mit uns verändert sich alles, was wir schaffen.

Es gibt keinen Weg zur inneren Vision als den über die äußere. Das neue Land, in dem wir leben, beeinflußt die Wahl unserer Stoffe, beeinflußt die Form. Die äußere Landschaft des Dichters verändert seine innere … Denn wenn das Exil zerreibt, wenn es klein und elend macht, so härtet es auch und macht groß. Es strömt dem Schriftsteller im Exil eine ungeheure Fülle neuen Stoffes und neuer Ideen zu, er ist einer Fülle von Gesichten gegenübergestellt, die ihm in der Heimat nie begegnet wären.

Alles in allem hat, glaube ich, die Literatur im Exil die Probe nicht schlecht bestanden. Wenn sich die Flut verlaufen haben wird, was taugt und was nicht, dann werden sich unter den Werken der Epoche diejenigen, die im Exil geschrieben wurden, nicht als die schlechtesten erweisen.

Bis sich »die Flut verlaufen« hatte, sollten noch viele Jahre vergehen. Gewartet auf dieses Ende hatten sie alle. Als im Lager Le Vernet, wo die Franzosen bei Kriegsbeginn linke Exilpolitiker und antifaschistische Schriftsteller interniert hatten, ein Abgesandter des Führers dem Häftling Paul Krauter die straflose Heimkehr anbot, »zu Muttern heimzufahren«, antwortete der antifaschistische Berliner Arbeiter:

»Nischt für unjut, Willi. Ick wees ja, du meenst et ehrlich. Aber ick will lieba noch so lange warten, bis ick dia amnestieren kann«.

HENRI MATISSE

(1869–1954)

Die Befreiung 1944

Die sehnlichst erwartete Stunde der Befreiung schlug endlich auch für die Côte – nicht ohne daß dabei einiges zerschlagen wurde.

Matisse findet seinen tiefverwurzelten Humor wieder, wenn er seinem alten Freund erzählt, wie er dank des Artilleriebeschusses, der ihn sogar einige Zeit in Gefahr brachte, in aller Ruhe – Bergson lesen konnte:

Vence, 6. September 1944

Mein lieber Camoin!
Seit dem 27. August sind wir befreit. Alles ging ganz gut vor sich. Vence ist verschont geblieben, nichts wurde getroffen – zum Glück! Wenn eine einzige Bombe in diese alten Häuser hineingeplatzt wäre, die wie die Zellen in einer Bienenwabe aneinanderkleben, wäre nur ein Haufen Staub übriggeblieben.

Ein lustiges Detail: Infolge falschen Richtens sind drei Granaten um mein Haus herum gefallen. Die letzte platzte zwanzig Meter vor meinen Fenstern, hat aber nur die Rolltür der Garage und die Fensterläden zerkratzt.

Auf dem Tisch neben meinem Bett liegt noch ein Ölzweig von einem Ast, den diese Granate abgerissen hat, als sie gegen Mitternacht, als alles schlief, herunterkam. Ich bin dann in einen bequemen Schutz-

graben im Garten gestiegen und sechsunddreißig Stunden dort geblieben. Es war herrlich ruhig.

Im Graben habe ich den Tag beim Lesen von Bergson verbracht, etwas, das mir zu Hause nie richtig gelungen war, denn ich werde zu sehr von den Zeichnungen und Bildern abgelenkt, die rings um mich an der Wand hängen.

Wir haben schon Weißbrot gegessen und hoffen, daß noch sehr viel Versprochenes nun in Erfüllung geht! Aber immer noch keine Post, nicht einmal von Nizza. Dort wird um die politische Situation der Stadt noch sehr viel debattiert.

Ich weiß also nicht, was aus meiner Frau geworden ist, die ihre Haftzeit in Troyes hätte beenden sollen – auch nichts von meiner Tochter, die im Gefängnis von Rennes auf ihre Aburteilung wartet.

Matisse freute sich so sehr über die Befreiung, daß er seinen Brief mit humoristischen Zeichnungen illustrierte: ein gutmütiger Pudel raucht Pfeife, ein Hase richtet die Ohren auf, während eine Granate platzt und am Himmel – schon – eine Taube schwebt. Zuerst aber findet Matisse niemanden, der diesen Brief nach Paris bringt, das doch schon am 25. August befreit wurde. Schließlich meldet sich ein Bote, und am 19. September fügt Matisse folgenden Nachsatz hinzu:

Mein Lieber,
Meinem Brief vom 6., der nicht abging – Du ahnst wohl warum – füge ich dieses Wort hinzu. Hier geht alles gut, aber man erlebt Sachen, die recht komisch

und schrecklich zugleich sind. Mehr kann ich Dir nicht sagen.

Wenn du mir Nachrichten geben willst, schicke deinen Brief in den fünf Tagen, die auf den Empfang dieses Briefes folgen, an den Boulevard Montparnasse 132.

Angeblich haben manche Kollegen Unannehmlichkeiten? Man muß halt schwimmen können.

Ich drücke dir die Hand   H. Matisse

Der Überbringer dieses Briefes wird am Boulevard Montparnasse die an mich adressierte Post holen und sie mir bringen.

Und was macht unser Marquet von der Route du Beau Fraisier?

Der Vormarsch der Alliierten hat Madame Matisse die Freiheit zurückgegeben, und dank einem Angriff alliierter Flieger ist auch Marguerite dem Tod entgangen. Sie mußte nicht, wie so viele Landsmänninnen, im Konzentrationslager Ravensbrück umkommen.

FRANCESCO PETRARCA

(1304–1374)

Die Besteigung des Mont Ventoux im April 1336

Am festgesetzten Tage gingen wir fort von zu Haus und kamen gegen Abend nach Malaucène – das ist ein Ort am Fuß des Berges, nach Norden gewandt. Wir verweilten dort einen Tag und bestiegen heute endlich, jeder mit einem Bedienten, den Berg, nicht ohne viel Beschwerde. Er ist nämlich eine jäh abstürzende, fast unersteigliche Felsmasse. Indessen gut hat der Dichter gesagt: *Verwegnes Mühen alles zwingt.*

Ein langer Tag, schmeichelnde Luft, Lebensfeuer der Gemüter, Kraft und Gewandtheit der Leiber und was es sonst dergleichen geben mag, stand uns beim Wandern zur Seite; einzig widerstand uns die Natur des Ortes. Einen uralten Hirten trafen wir an den Hängen des Berges, der sich mit vielen Worten bemühte, uns von der Besteigung abzubringen. Dieser sagte, er habe vor 50 Jahren in ebensolchem Ansturme jugendlichen Feuers den höchsten Gipfel erstiegen, indessen nichts von da heimgebracht als Reue und Mühe und von Felskanten und spitzem Dorngestrüpp zerrissenen Leib und Rock, und es sei weder vor noch nach jener Zeit je bei ihnen davon gehört worden, daß irgendwer Ähnliches gewagt habe. Da jener uns das zuschrie, wuchs uns am Verbote das Verlangen – denn jugendliche Herzen schenken ja Warnern nur ungern Glauben. Infolgedessen ging der Greis, als er sah, daß er sich vergeblich mühe, etwas mit vorwärts und wies uns zwischen den Felsen einen steilen Pfad mit dem Finger, wobei er vielerlei zu erinnern wußte und viel hinter uns her seufzte, als wir schon davongegangen waren.

Wir lassen bei ihm all das zurück, was irgend an Kleidungsstücken oder sonstiger Ausrüstung hinderlich sein könnte, schicken uns einzig und allein zur Besteigung an und klettern munter los. Aber wie es meist geschieht, folgt dem ungeheuren Unterfangen geschwind die Emattung. Wir halten also nicht weit von dort sogleich wieder an. Von da brechen wir von neuem auf und rücken weiter vor, aber schon langsamer. Und besonders ich legte den Weg am Berghang mit schon bescheideneren Schritten zurück. Mein Bruder strebte freilich auf einem Abkürzungspfade geradewegs auf das Bergjoch zu zur Höhe, ich dagegen, der ich weichlicher bin, wendete mich nach unten. Als er mich zurückrief und mir den richtigeren Weg wies, gab ich zur Antwort, ich hoffte, auf der anderen Seite einen leichteren Anstieg zu finden, und scheute den längeren Weg nicht, da ich auf ihm glatter voranschreiten könne. Mit dieser Entschuldigung wollte ich meine Feigheit beschönigen, und als die andern schon die Höhe hielten, irrte ich durch die Täler, während nirgendwo sich ein gelinderer Anstieg eröffnete, vielmehr der Weg sich streckte, und zugleich die unnütze Mühe sich verschlimmerte.

Erst als ich vom Überdruß erschöpft war und mich mein Irrtum reute, beschloß ich, geradewegs die Höhe zu erklimmen. So holte ich den wartenden und durch langes Ausruhen erfrischten Bruder ermattet und ärgerlich wieder ein, und wir zogen nun etliche Zeit gleichen Schrittes weiter. Kaum aber daß wir jenen Hügel hinter uns gelassen, siehe, da lasse ich mich wiederum nach unten drängen und gedenke nicht mehr des Umwegs von vorhin, und wiederum gerate ich beim Durchwandern der Talgründe, während ich einen Weg von bequemer Länge suche, auf einen langen, unbequemen Weg. Allerdings schob ich so die Last des Steigens auf, aber durch Menschengeist wird die Natur der Dinge nicht aufgehoben, und es kann nun einmal nicht geschehen, daß irgendein körperliches Wesen durch Hinabsteigen zur Höhe gelangt …

Diese und ähnliche Betrachtungen, mein Vater, kehrten in meiner Brust immer wieder. Ich freute mich über meinen Fortschritt, beweinte, was ich noch unvollendet gelassen, und bejammerte die allgemeine Wandelbarkeit des menschlichen Tuns; und so schien ich gewissermaßen vergessen zu haben, an welch einen Ort ich gekommen sei und zu welchem Zweck. Endlich aber verabschiedete ich meine Sorgen, für die ja ein anderer Ort passender sein mochte, schaute um mich und sah nun wirklich, was zu sehen ich hergekommen war. Man mahnte mich, die Zeit dränge zum Abmarsche, denn schon neige sich die Sonne und der Bergschatten wachse in die Länge, und nun wandte ich mich, gleichsam erwacht, um und blickte zurück gen Westen.

Der Grenzwall der gallischen Lande und Hispaniens, der Grat des Pyrenäengebirges, ist von dort nicht zu sehen, nicht daß meines Wissens irgendein Hindernis dazwischenträte – nein, nur infolge der Gebrechlichkeit des menschlichen Sehvermögens. Hingegen sah ich sehr klar zur Rechten die Gebirge der Provinz von Lyon, zur Linken sogar den Golf von Marseille, und den, der gegen Aigues-Mortes brandet, wo doch all dies einige Tagesreisen entfernt ist. Die Rhône lag mir geradezu vor Augen. Dieweil ich dieses eins ums andere bestaunte und jetzt Irdisches genoß, dann nach dem Beispiel des Leibes auch die Seele zum Höheren erhob, schien mir gut, in das Buch der Bekenntnisse des Augustin hineinzusehen, einer Gabe, die ich deiner Liebe verdanke und die ich bewahre, zum Gedenken an den Urheber wie an den Geber, und die ich stets in Händen habe.

Das faustfüllende Bändchen allerwinzigsten Formats, aber unbegrenzter Süße voll, öffne ich, um zu lesen, was mir entgegentreten würde. Was anderes als Frommes und Demütiges konnte mir wohl entgegentreten? Zufällig bot sich mir aber das zehnte Buch dieses Werkes dar. Mein Bruder stand in der Erwartung, aus meinem Mund etwas von Augustin zu hören, mit weit geöffneten Ohren da. Ich rufe Gott zum Zeugen an und ihn eben, der dabei war, daß dort, wo ich die Augen zuerst hinheftete, geschrieben stand: *Und es gehen die Menschen, zu bestaunen die Gipfel der Berge und die ungeheuren Fluten des Meeres und die weit dahinfließenden Ströme und den Saum des Ozeans und die Kreisbahnen der Gestirne, und haben nicht acht ihrer selbst.*

JEAN-HENRI FABRE

(1823–1915)

Die Besteigung des Mont Ventoux im Jahre 1865

Infolge seiner Isoliertheit, die ihn allen Einflüssen der Witterung aussetzt, infolge seiner Höhe, die ihn innerhalb der Alpen- und Pyrenäengrenze zum höchsten Punkt Frankreichs macht, eignet sich der kahle Berg der Provence, der Mont Ventoux, besonders gut zu pflanzenklimatischen Studien. An seinem Fuße gedeihen der frostempfindliche Olivenbaum und eine große Zahl jener halbholzigen Pflanzen wie der Thymian, deren aromatische Wohlgerüche zu der Sonne der Mittelmeergebiete gehören. Auf seinem Gipfel hingegen, der während mindestens sechs Monaten von Schnee bedeckt ist, findet man einen nordischen Pflanzenwuchs, der zum Teil aus arktischen Gebieten stammt. Ein halber Tag senkrechten Aufstiegs läßt vor unseren Blicken eine Folge von Pflanzentypen vorüberziehen, denen man sonst nur während einer langen Reise von Süd nach Nord, demselben Längengrad entlang, begegnen würde. Am Anfang wandern die Füße auf dem duftenden Thymian, der sich auf den unteren Kuppen als endloser Teppich ausbreitet; in einigen Stunden jedoch schreiten sie über den dunklen Pölsterchen des Gegenblättrigen Steinbrechs (Saxifraga oppositifolia L.), der ersten Pflanze, die der Botaniker wahrnimmt, wenn er im Juli in Spitzbergen an Land geht. Habt ihr in der Tiefe noch die scharlachroten Blumen des Granatapfelbaumes gepflückt, der unter dem afrikanischen Himmel beheimatet ist, so werdet ihr oben einem kleinen behaarten Mohn begegnen, dessen Stengel im schützenden Steingeröll emporwächst und dessen große, gelbe Blütenkrone sich in der eisigen Abgeschiedenheit Grönlands und des Nordkaps, aber auch an den oberen Gipfelhängen des Mont Ventoux entfaltet.

Solche Kontraste verlieren ihren Reiz nie, selbst fünfundzwanzig Besteigungen brachten mir noch keinen Überdruß.

Im August 1865 unternahm ich die dreiundzwanzigste. Wir waren unser acht; bei dreien war die Botanik die treibende Kraft, die fünf anderen lockten die Bergtour und das Gipfelpanorama. Aber keiner jener fünf, denen das Studium der Pflanzen nichts sagte, hat nachher den Wunsch geäußert, mich nochmals zu begleiten. Denn tatsächlich, der Aufstieg ist beschwerlich, und ein Sonnenaufgang entschädigt nicht für die ausgestandenen Strapazen.

Der Mont Ventoux läßt sich am besten mit einem Haufen jenes Schotters vergleichen, den man zum Unterhalt der Straßen benötigt. Denkt euch diesen Haufen zweitausend Meter hoch, gebt ihm eine entsprechende Basis, bekleidet den weißen Kalkfelsen mit dunklen Wäldern, und ihr könnt euch von diesem Berg eine ziemlich genaue Vorstellung machen. Der aus Splittern und riesigen Blöcken bestehende Trümmerhaufen wächst unmittelbar aus der Ebene empor, ohne Vorgebirge, ohne eine Folge von Stufen, die den Aufstieg gliedern und dadurch weniger mühsam gestalten würden. Der Anstieg beginnt sogleich auf steinigen Pfaden, deren bester etwa einer frisch geschotterten

Straße gleicht, und der Aufstieg wird immer steiler bis zum Gipfel auf 1912 Meter über Meer. Frische Matten, fröhliche Bächlein, mit Moos bewachsene Steine, der Schatten hundertjähriger Bäume – kurz, all jene Dinge, die einem Berg etwas Liebliches verleihen – sind hier vollkommen unbekannt. An ihrer Stelle haben wir eine nicht enden wollende Decke von Kalksplittern, die beinahe metallisch klirrend unter dem Fuße wegrutschen. Rieselnder Steinschlag, das sind die Wasserfälle des Mont Ventoux; das Krachen stürzender Felsen ersetzt das Murmeln der Bäche.

Nun sind wir also in Bédoin, dicht am Fuße des Berges. Die Verhandlungen mit dem Führer sind beendigt, die Stunde des Aufbruchs festgesetzt; über den Proviant hat man sich geeinigt, und er wird hergerichtet. Versuchen wir zu schlafen, denn morgen werden wir die ganze Nacht auf dem Berge wachend zubringen. Schlafen aber ist wirklich schwer, und es ist mir auch nie gelungen; und dies ist wohl der wahre Grund dafür, warum diese Tour so anstrengend ist. Ich rate deshalb allen meinen Lesern, die eine botanische Exkursion auf den Ventoux planen, nicht an einem Sonntagabend in Bédoin zu übernachten. Nur so vermeiden sie, das lärmige Kommen und Gehen unten in der Wirtschaft zu hören, die nicht enden wollenden Gespräche in höchster Lautstärke, das Geklirr der Gläser, die Weinlieder, den nächtlichen Singsang der Heimkehrenden, das Gebrüll der Blechinstrumente aus dem benachbarten Tanzlokal und andere unvermeidliche Drangsale, die der heilige Tag des Nichtstuns und der Freuden mit sich bringt. Wird es wohl während der Woche ruhiger sein? Ich hoffe es, kann aber keine Gewähr dafür übernehmen. Was mich anbelangt, so habe ich kein Auge geschlossen. Die ganze Nacht knarrte im Raum unter meinem Zimmer der Bratenwender, unseres Reiseproviants wegen. Nur ein dünner Bretterboden trennte mich von der höllischen Maschinerie. Endlich dämmert es. Ein Esel schreit unter unseren Fenstern. Auf, es ist Zeit! Es wäre wohl klüger gewesen, gar nicht zu Bett zu gehen. Der Proviant und das Gepäck sind aufgeladen. »Ja, hi!« macht unser Führer, und los geht's. Es ist vier Uhr morgens. An der Spitze unserer Karawane marschiert Triboulet mit seinem Maultier und seinem Esel, Triboulet, der älteste der Führer auf den Mont Ventoux. Im frischen Licht der Morgenstunde durchforschen die Blicke meiner Kollegen, der Botaniker, die Vegetation der Wegränder, die anderen schwatzen. Ein Barometer über die Schulter gehängt, ein Notizbuch und einen Bleistift in der Hand, bilde ich den Schluß.

Mein Barometer, dazu bestimmt, die Höhe der wichtigsten botanischen Standorte festzustellen, wird rasch ein willkommener Vorwand, meinem Feldfläschchen mit dem Rum einen Besuch abzustatten. Sobald eine bemerkenswerte Pflanze entdeckt wird, ruft einer: »Rasch, einen Blick auf das Barometer!« – und schon drängeln sich alle um die Feldflasche, das physikalische Instrument kann warten. Die Morgenkühle und der Marsch haben zur Folge, daß wir diese Blicke auf das Barometer so schätzen, daß das Niveau der stärkenden Flüssigkeit noch rascher sinkt als jenes der Quecksilbersäule. Der Gedanke an die Zukunft gebietet mir jedoch, Torricellis Röhre weniger oft zu Rate zu ziehen.

EMILE ZOLA

(1840–1902)

An Ninon

Hier, liebe Freundin, sind nun also jene freien Geschichten aus unserer Jugendzeit, die ich dir einst in den Landschaften meiner geliebten Provence erzählt habe, und denen du so aufmerksam lauschtest, während deine Blicke den großen blauen Linien der fernen Hügel hinterherträumten.

An den Maiabenden pflegte ich zu der Stunde, da Erde und Himmel langsam in himmlischen Frieden vergehen, die Stadt zu verlassen und aufs Land zu gehen: zu den ausgetockneten, von Dornenranken und Wacholder überwucherten Hügeln oder auch an die Ufer des kleinen Flüsschens, das im Dezember ein Wildbach, in der schönen Jahreszeit jedoch so zurückhaltend ist, oder auch an einen verborgenen Fleck auf der Ebene, die noch von der Mittagswärme glüht, ein weites gelb-rotes Gelände, bepflanzt mit dürren Mandelbäumchen, alten, ergrauenden Olivenbäumen und Weinreben, die ihre verschlungenen Triebe über den Boden ranken lassen. Ein armes, staubtrockenes Land, brennend liegt es unter der Sonne, grau und nackt, zwischen den saftigen Wiesen der Durance und den Orangenhainen an der Küste. Ich liebe es um seiner herben Schönheit, seiner einsamen Felsen, der Thymian- und Lavendelsträucher willen. In diesem unfruchtbaren Tiefland weht ein ungreifbarer, vor Verzweiflung glühender Hauch: Ein seltsamer Orkan an Leidenschaften scheint über die Gegend gegangen zu sein; danach hat tiefe Bedrückheit sie ergriffen, und die aufgeheizte Landschaft ist wie in letztem·Begehren schlaflos hingesunken. Wenn ich heute, hier inmitten der nördlichen Wälder, vor dem inneren Auge diesen Staub, dieses Gestein wiedersehe, spüre ich tiefe Liebe zu dieser strengen Heimat, die gar nicht meine ist. Offenbar hatten damals das lachlustige Kind und die bekümmerten alten Felsen Zuneigung füreinander gefasst; und jetzt kann das zum Mann gewordene Kind feuchte Wiesen und wässriges Grün nicht leiden in seiner Liebe zu den breiten, weißen Straßen und verbrannten Bergen, wo seine jugendfrische, fünfzehnjährige Seele ersten Träumen nachhing.

Ich ging aufs Land. Wenn ich mich dort inmitten der beackerten Erde oder auf den flachen Steinen der Hügel hinkauerte, aufgehoben in diesem aus den Tiefen des Himmels niedersinkenden Frieden, und dann den Kopf wandte, warst du da, lagst entspannt zu meiner Rechten, das Kinn nachdenklich in die Hand gestützt, und blicktest mich mit großen Augen an. Du warst der Engel meiner einsamen Stunden, mein gütiger Schutzengel, den ich neben mir gewahrte, wohin auch immer ich mich zurückzog; du lasest die geheimsten Wünsche in meinem Herzen, ließest dich überall neben mir nieder, konntest nicht sein, wo ich nicht war. So erkläre ich mir heute, daß du jeden Abend bei mir bist. Früher sah ich dich zwar nie kommen, wunderte mich jedoch auch nie, daß ich überall deinem hellen Blick begegnete; ich wußte, du warst treu und stets zur Seite, in mir.

GUSTAVE FLAUBERT

(1821–1880)

Kurze Reiseeindrücke

Wir sind mit dem Dampfer die Saône bis nach Lyon hinuntergefahren und von Lyon die Rhône bis nach Avignon: es gibt nichts Trübseligeres als das, was man da sieht. Meine ganze Melancholie erwacht dabei wieder.

Und dann:

In der Arena von Nîmes habe ich auch an Dich gedacht, so wie unter den Bogen des Pont du Gard; das heißt, ich habe Dich an jenen Orten mit einer seltsamen Begierde herbeigewünscht, denn wenn wir voneinander getrennt sind, liegt in uns etwas Umherirrendes, Unbestimmtes, Unvollständiges.

Anschließend, offenbar schon mit Bezug auf Arles:

Ich habe die Arena wiedergesehen, die ich zum erstenmal vor fünf Jahren erblickt hatte. Was habe ich seither gemacht? (Was man ebensogut mit einem Ausrufezeichen wie mit einem Fragezeichen schreiben könnte.) Ich habe meinen wilden Feigenbaum wiedergesehen, der zwischen den Steinen für das Velarium gewachsen ist, doch er ist vertrocknet, hat keine Blätter und rauscht nicht mehr. Ich bin bis zu den letzten Stufen hinaufgestiegen und habe dabei an all jene gedacht, die hier gebrüllt und in die Hände geklatscht haben, dann mußte ich all das verlassen. Wenn man anfängt, sich mit der Natur oder der Geschichte zu identifizieren, wird man plötzlich auf eine Weise davon losgerissen, daß einem die Eingeweide davon bluten. Auf dem Weg zum Pont du Gard habe ich ein paar Zigeunerwagen erblickt. In Arles habe ich köstliche kleine Mädchen gesehen, und am Sonntag war ich in der Messe, um sie mit größerer Ruhe betrachten zu können. Ich bin durch die Arena gegangen, über das Theater, dieses alte Theater, wo man den *Rudens* und die *Bacchides* gespielt hat, wo Ballio und Labrax ihre Flüche ausgestoßen und ihre Obszönitäten hinausgeschleudert haben.

VINCENT VAN GOGH

(1853 –1890)

Ankunft in Arles

Mir kommt es fast unmöglich vor, daß man in Paris arbeiten kann, es sei denn, man hätte einen Zufluchtsort, wo man sich erholen könnte und Ruhe und Gleichgewicht wiederfände. Ohne das würde man elend herunterkommen. Nun will ich dir berichten, daß zu meinem Empfang der Schnee hier mindestens sechzig Zentimeter hoch liegt, und es schneit immer noch.

Arles erscheint mir nicht größer als Breda oder Mons.

Kurz vor Tarascon habe ich eine wundervolle Landschaft mit riesenhaften gelben Felsen gesehen, gewaltige, seltsam verworrene Formen.

In kleinen Tälern dieser Felsen standen reihenweise angepflanzt kleine runde Bäume mit olivgrünem oder grüngrauem Laub, die sehr wohl Zitronenbäume gewesen sein könnten. Aber hier in Arles scheint die Gegend flach zu sein. Ich habe wundervolles rotes Gelände bemerkt, mit Weinstöcken bepflanzt, als Hintergrund Berge vom zartesten Lila. Und die Landschaften im Schnee mit den weißen Berggipfeln gegen einen Himmel, ebenso leuchtend wie der Schnee – das war wie die Winterlandschaften der Japaner.

Hier hast du meine Adresse:
80 Rue Cavalerie, Arles
Département Bouches du Rhône

Ich habe noch einen kleinen Gang durch die Stadt gemacht, denn ich war gestern abend sehr erschöpft.

MARCEL POBÉ

Stierkampf in Arles

Wie imposant les Arènes bei Tag auch immer sein mögen, wirklich schön werden sie eigentlich erst nachts und am allerschönsten während eines nächtlichen Stiertreibens. Drum schaue man gleich, ob nicht auf einem Plakat ein solches echt arlesisches Fest angekündigt ist – auch an einem Nachmittag hat es natürlich seinen Reiz –, und besorge sich Eintrittskarten. Gegen neun Uhr schlendert man am besagten Tag durch die abendlich erregten Gassen zum nordwärts gelegenen Hauptportal; schon strömen von rechts und links um alle Ecken die Schaulustigen herbei. Es wäre sinnlos, Vergleiche mit einer spanischen Corrida anzustellen; weder das Zeremoniell mit seinem fast sakralen Charakter noch der abgemessene feierliche Tanz der Schritte und Gebärden um den todgeweihten Stier sind bei diesem provençalischen Anlaß zu finden. Dafür nimmt man an einem sportlichen Spiel teil, dessen Kühnheit und Eleganz ihresgleichen suchen. Doch wollen wir nicht vorgreifen. Erst müssen wir uns ja zurechttasten in den stellenweise stockfinsteren Gängen, dann steigen wir aufs Geratewohl eine Treppe hinauf, stolpern ein paar schon sitzenden Männern und Frauen über die Füße und setzen uns dann selbst irgendwo auf die Stufen, wenn wir nicht einen teureren numerierten Platz gewählt haben. Aber das ist nicht nötig. Selbst wenn die ganze Stadt Arles, vom Kind bis zum Greis, sich hier versammelt, bleibt immer noch ein Fünftel leer.

Aber es wird uns keine Zeit gelassen zu solchen Berechnungen; mit Trompetenstößen beginnt der stiermenschliche Kampf. Drunten in der Arena erwarten zwei Dutzend Jünglinge, nur mit Hose und Hemd bekleidet, den Ansturm des Stieres, der unter einer jäh hochgezogenen Falltür erscheint. Ein Stutzen, ein kurzes Brüllen, ein wütendes Aufstampfen, und der Bulle jagt die Männer. Nein – das ist kein Stier, wie wir ihn kennen; das ist ein Gnu, flink wie ein Rehbock, mit langen, geschweiften Hörnern, breit im Vorderleib und schlank ausgehend nach hinten, wo der Schwanz weht und schlägt. Eigensinnig ist er, unberechenbar; bald stößt er vor, bald steht er bildstill, schwenkt dann blitzschnell und versucht, einen der jungen Burschen auf die Hörner zu nehmen; denn er hat sogleich gemerkt, worauf sie es abgesehen haben, und er ist nicht gewillt, sich die Kokarde, die seine Stirn zwischen den Ansätzen der Hörner schmückt, wegreißen zu lassen. Aber auch seine Verfolger sind behend; spielend weichen sie allen seinen Angriffen aus, reizen ihn, haben ihn zum besten. Schon nach wenigen Minuten wissen wir nicht mehr, wen wir bestaunen sollen: das Tier oder den Menschen. Jetzt wird es ernst. Ein Verfolgungslauf durch die ganze Breite der Arena endet mit einem olympischen Sprung; er rettet den Mann hinter die Holzpalisade, die rings um den Hetzplatz läuft und zwischen Sand und Mauer der Arena einen schmalen Laufgang bildet. Der Stier ist mit voller Wucht in die Bretter geprallt, daß es kracht und dröhnt. So, ihr Buben, das werdet ihr büßen. Seine Wut ist grenzenlos; sie durchzuckt ihn wie ein elektrischer Strom. Eine unvermutete Wendung bringt ihn hart vor einen Gegner, der sich nicht vorgesehen hat. Ein Ruck, und der Mann liegt am Boden. Drauf mit den stampfenden Hufen. Mutig zerren ihn zwei, drei Retter am Schwanz. Schon läßt er ab von seinem Opfer, schnaubt nach links und rechts. Der Getretene wird hinausgetragen; er reibt sich den linken Oberarm. Nun kommt die Rache; diese Schande muß wettgemacht werden durch den Raub der Kokarde. Tollkühn kreuzt ein Verwegener zwei Meter vor dem Stierkopf. Einmal, zweimal, dreimal. Das Tier ist verwirrt, brüllt auf, senkt den Kopf nach rechts. Bevor es wieder hochstößt, hat ihm der Bursche von links weg über die Hörner weg die Kokarde von der Stirn gerissen. Applaus. Bravorufe. Und schon geht das Spiel weiter; denn nun gelingt es, auch die beidseitigen Reste der Schnur zu erhaschen, welche die Kokarde hielt.

Ist der Stier seiner Zierden beraubt, oder hat er sie allen Bemühungen der Männer zum Trotz bewahren können – wir haben das einigemale erlebt –, so ertönt wiederum Trompetengeschmetter. Eine Kuh kommt bimmelnd in die Arena getrottet und holt den plötzlich lammfromm gewordenen Stier zurück.

VINCENT VAN GOGH

(1853–1890)

Die schöne Arlesierin

Bisher finde ich das Leben hier nicht so von Vorteil wie ich gehofft hatte, aber ich habe drei Studien gemacht, was ich in Paris in dieser Zeit wahrscheinlich nicht fertiggebracht hätte.

Ich freue mich, daß die Nachrichten aus Holland einigermaßen befriedigend sind. Was Reid betrifft, so würde ich mich nicht wundern, wenn er es (freilich zu Unrecht) übelgenommen hätte, daß ich ihm im Süden zuvorgekommen bin. Aber nun zu sagen, wir hätten nie etwas davon gehabt, daß wir ihn kennen, wäre doch etwas ungerecht, denn erstens hat er uns ein sehr schönes Bild geschenkt (ein Bild, nebenbei gesagt, das man hatte kaufen wollen), zweitens hat Reid den Preis der Monticellis in die Höhe getrieben, und da wir fünf haben, ergibt sich für uns eine Preissteigerung, drittens ist er in den ersten Monaten ein guter und angenehmer Umgang gewesen …

Manchmal scheint es mir, als ob mein Blutkreislauf mehr oder weniger wieder in Gang kommen wollte, was in letzter Zeit in Paris nicht mehr der Fall war, ich konnte tatsächlich nicht mehr.

Ich muß hier meine Farben und meine Leinwand entweder bei einem Kolonialwarenhändler oder in einer Buchhandlung kaufen, wo es nicht alles gibt, was man haben möchte. Ich müßte wohl mal nach Marseille fahren und sehen, wie es dort damit steht, ich hatte gehofft, ein schönes Blau zu finden …

Die Studien, die ich gemacht habe, sind: eine alte Arlesierin, eine Landschaft mit Schnee, ein Stück Trottoir mit einem Fleischerladen … Die Frauen hier sind sehr schön, das ist kein Schwindel; hingegen ist das Museum in Arles furchtbar, das *ist* ein Schwindel – es wäre wert, in Tarascon zu sein. Es gibt auch ein Antiken-Museum, die sind echt.

MORITZ HARTMANN

(1821–1872)

Avignon, die Stadt der Päpste

Märchenhaft! – rein märchenhaft! – Ich wüßte keinen andern Ausdruck, um den Anblick zu bezeichnen, wenn sich das Dampfschiff aus den Rhôneinseln bei Roquemaure herauswindet und plötzlich der Papstpalast mit seinen Türmen auf der einen Seite in die Höhe ragt, während auf dem anderen Ufer das Fort St-André und die alte Feste von Ville-Neuve-lès-Avignon sich am abendroten Himmel abzeichnen – zwischen beiden die uralte Brücke Pont St-Esprit, die mit ihrer Kapelle mitten im Strome abbricht, als wäre es zuviel, wenn diese beiden Herrlichkeiten miteinander verbunden würden.

Aber kaum am Quai angelangt, muß man sich sehr zusammennehmen, um nicht ganz in Träumerei zu versinken und durch sie Gepäck und Zeit und Geld zu verlieren. Das Volk von Avignon ist im ganzen Süden als wahres Räubergesindel verrufen; man spricht nur mit Abscheu oder Spott von den Bewohnern der heiligen Stadt, und wenn ich so die Gestalten betrachtete, die in Masse den ganzen Quai besetzt hielten und, wie Raubvögel die Beute, das ankommende Dampfschiff erwarteten, las ich auf diesen Gesichtern, daß der Ruf recht habe. Wilde, trotzige, ich möchte sagen, blutrünstige Köpfe, die mit ihrem braungrauen Teint und dunklen Augen sich auf schmächtigen, doch knochigen und nervösen Körpern schnell hin und her bewegen. Ich erkannte die Gefährten Jourdans, die königlichen Freiwilligen, die Verdets, die Werkzeuge der Kongregation und der Comités von 1815 – ich erkannte genau die Mörder des Marschall Brune, die Kinder fünfhundertjähriger Kirchenherrschaft. Das Schiff hatte noch nicht angelegt und war von den Portefaix schon im Sturme genommen. Wie wilde Katzen sprangen sie vom Quai über das Gelände auf das Gepäcke los – jeder bemächtigte sich eines, zweier, dreier Stücke und gab es nicht mehr frei; der Eigentümer *mußte* es von ihm in die Stadt tragen lassen und *mußte* ihm bezahlen, was er verlangte. Denn die Portefaix bilden eine geschlossene Bande, und einer schadet dem anderen nicht. Wenn man sich selbst das Gepäcke tragen wollte, sie erlauben es nimmermehr. – Der Kapitän, der an den andern Landungsplätzen so musterhafte Ordnung gehalten, hier stand er ruhig auf seiner Galerie, denn er weiß es aus alter Erfahrung, daß diesem Unwesen nicht zu steuern. – Wir übergaben unser Gepäck einem solchen Banditengesichte und fuhren im Wagen durch die Porte d'Oule nach dem durch den Mord des Marschall Brune historisch gewordenen Hôtel de la Poste, das später Hôtel du Palais Royal, jetzt Palais National heißt.

Bald nach unserer Ankunft fuhren wir durch die Stadt dem Papstpalaste zu, den wir alle in der Nähe zu sehen zitterten, nachdem er uns schon von ferne so schreckenerregend entgegengetreten war. Die Gassen von Avignon, wie aller südlichen Städte, sind schmal und dunkel, aber die Häuser, auch die kleinsten, haben infolge ihrer Struktur aus Quadern ein gewisses palastähnliches Ansehen; viele sind in der Tat auch auf den Trümmern der alten Prälatenpaläste und Klöster entstanden. Oft ist man überrascht, hinter einer unscheinbaren Haustüre einen weiten, bald gotischen, bald italienischen, säulenumgebenen Klosterhof zu überblicken. – Man schaut im Vorbeigehen in ein Eisen- oder in ein anderes Warenlager, und der Blick bleibt an einer prächtigen Spitzbogenwölbung, an einem ehemaligen Hochaltar, an einer architektonisch reich geschmückten Kanzel hängen. Zwischen Eisenstangen oder Wollenballen blickt eine wohlerhaltene Madonna im blauen Gewande, mit dem Dolch im Herzen, hervor. – Die Place de la Comédie ist der einzige große Platz der Stadt – er ist von hübschen Privatgebäuden, von Kaffeehäusern, vom Hôtel de ville mit seinen hundert Säulen und seinem gotischen Turme aus dem vierzehnten Jahrhunderte und vom neuerbauten Theater, das dem Architekten Feucher Ehre macht, schön und malerisch umgeben. Des Abends treibt sich dort die Bevölkerung aller Klassen umher. Von hier nur noch eine kurze Strecke, und wir standen vor dem Palaste der Päpste. – Es ist ein babylonischer Bau! – Groß, ungeheuer, schreckenerregend. – Vielleicht vor keinem andern Gebäude Europas empfindet man diesen Schauer. Hoch aufstrebend von der höchsten Höhe des Kalkberges, an dem Avignon liegt – breit und verschlossen, mit wenigen und schmalen Spitzbogenfenstern, mit einem Tore, das trotz seiner Höhe klein erscheint im Verhältnis zum Ganzen –, drückt ein geheimnisvolles Schweigen auf diese Mauern und umgibt sie mitten im hellen Sonnenlichte des Südens eine Art von unbegreiflicher

Nacht. Man sieht es ihnen an: Durch ihre Dicke drang der Notruf der verschmachtenden Völker nicht hinein, drangen die Schreie priesterlicher Orgien, ob sie nun in Bacchanalen oder im Foltern der Glaubensopfer bestanden, nicht heraus. Diese Mauern sind des Grundes würdig, auf dem sie ruhen. Johanna von Neapel erkaufte mit Avignon die Absolution der Sünde des Gattenmordes. – Tritt man in den ungeheuren Hof, in die gotischen Säle, die sich einer über dem andern hoch emporwölben, auf die breiten Treppen, erkennt man, wie die Bewohner dieses Palastes von ihrer Riesenhaftigkeit überzeugt waren. Die Dicke der Mauern würde jedem Bombensturme widerstehen, so wie sie bis jetzt der Zeit widerstanden haben. Das ganze ungeheure Gebäude ohne Symmetrie und äußerlich erkennbaren Plan, ohne Sonnenblick, ohne einen einzigen freundlich schauenden Winkel, mit seinen eckigen Türmen, Zinnen und Schießscharten und Schwibbögen steht da, als wäre es von Zyklopen aus einem einzigen Felsstücke, aus einem Gebirge gehauen worden. –

An den Papstpalast lehnt sich die Kirche Notre-Dame-des-Doms, welche die Grabmäler zweier Päpste enthält. Interessant an ihr ist besonders der Eingang mit seinen echt römischen Säulen, Überresten eines römischen Tempels, auf dessen Grunde die Kirche aufgeführt sein soll. An die Kirche schließt sich der schöne Spaziergang mit seinen prächtigen Bäumen, mit seiner Terrasse und der Statue des Mannes, der den Krapp ins Land brachte, dessen Kultur jetzt so viele Einwohner des Landes ernährt und den Soldaten ihre Hosen färbt. Ich habe den Namen dieses großen

Mannes vergessen. – Die Aussicht geht von hier dem Rhône entgegen, fast bis nach Orange, dem Stammsitz der Oranier, hinüber nach Ville-Neuve-lès-Avignon und rückwärts über das herrliche Land der Provence, bis an die Seealpen und den Mont Ventoux, der seinen gewaltigen Leib in violette Gewande hüllt, gleich einem Kardinale. Dorthin gegen Nordwesten liegt Vaucluse, das wir sehen müssen.

Vom Schlosse aus fuhren wir um die Stadt. Die Festungsmauer, ringsherum mit dem schönen Kranze der Mâchicouli, wie wir sie an den Befestigungswerken des vierzehnten und fünfzehnten Jahrhunderts kennen, bekränzt, ist vollkommen erhalten und fast ganz sichtbar; nur hie und da wächst aus der Mauer, wie aus der alten Zeit die neue, ein modernes Häuschen heraus und an diesem hinan weißblühende Mandel- und rosige Pfirsichbäume. Diese Wohnungen sehen so lieblich idyllisch aus, daß man das Haus des Papstes vergißt, und das tut not, wenn man sich mit den Herrlichkeiten Avignons so freuen soll, wie sie es verdienen.

An einem schönen Maiabende, während meines zweiten Besuches, führten mich meine Wanderungen über die Kettenbrücke und die Insel aufs jenseitige Ufer, vorbei am Fuße des ruinenhaften Schlosses, nach Ville-Neuve-lès-Avignon. Mein guter Stern hatte mich hierher und auf die Höhe des Fort St-André gebracht – denn von diesem Standpunkte aus sieht man Avignon erst recht in seiner ganzen Schönheit: die Rhône als Vordergrund, den Palast größer und dräuender, als wenn man sich in seiner Nähe befindet, und doch die harten Züge durch die Ferne und das sanfte Abendlicht gemildert; im Hintergrunde die Wellenlinien der Provencer Berge mit ihrem Senior, dem Ventoux, in der Mitte. Ich dachte an Victor Hugos tiefsinnigen Satz: »Es ist doch besser, in Deutz zu sein und Köln zu sehen, als in Köln zu sein und Deutz zu sehen.« Ich rate jedem, der Avignon besucht, sich sogleich nach seiner Ankunft aufzumachen und diesen Punkt aufzusuchen; dann erst wird er wissen, in welcher Welt er sich befindet. Sie ist in der Tat über alle Beschreibung schön! Ich konnte mich nicht satt sehen. Erst spät raffte ich mich auf, um als voyageur consciencieux noch die Merkwürdigkeiten der hinter mir liegenden Ville-neuve zu betrachten.

HELMUT DOMKE

Fontaine de Vaucluse

Chiare, fresche e dolci Acque …

Hier ist's also, und so hat es gelautet, des Petrarca Wort über Fontaine de Vaucluse. Da ich darin verliebt bin, brauche ich nicht erst zu sagen, daß der Ort in seinem tiefen Kessel aus Felswänden für mich einer der schönsten der Welt ist. Er besitzt alles, was mein Dasein sich wünscht, Zurückgezogenheit, Stille, so lange nicht Feiertag und Ferienzeit ist, Geborgenheit, einen hohen Himmel und strömendes Wasser, damit der Tag nicht ohne Kühlung und das Leben nicht ohne Gleichnis bleibe.

Der Grund des »Cirque« ist eben geräumig genug, einem kleinen Ort Platz zu bieten. Das will etwas bedeuten, denn mitten durchs Tal fließt breit und rauschend die Sorgue, die ein wahrhaftes Naturwunder ist. Dort nämlich, wo die Schlucht am Felsfuße endet und unter gewaltigen Wänden ein grünblaues Teichlein blänkert, das sich in geheimnisvollen Tiefen einer Höhle verliert – dort, wo wild übereinander getürmte Blöcke, überzogen mit dem Rost vertrockneten Mooses, zu Haufen liegen, wo die senkrecht steigenden Felsen nur die Alternative kennen: ums Lebens oder Sterbens willen hinauf oder hinab – an der Breitseite dieser Schlucht bricht der Fluß mit allem, was er an Wasser besitzt, in elementarer Wucht aus der Tiefe des Gebirges. So während des Sommers. Wintertags bedient er sich zusätzlich des Teiches als Brunnenschale, um in gewaltigem Schwall überzufließen.

Es ist nicht recht klar, woher die Sorgue kommt. Denn natürlich sagt man sich, solch eine Quelle ist kein Brünnlein, sondern muß der Austritt eines unterirdischen Flusses sein, der im Schoß der Kalkgebirge einherströmt, eingesickerte Wässer sammelt, speichert und je nach Vorrat wieder ans Tageslicht bringt. Du lieber Himmel, aber woher stammt denn das Naß? Auf eine Tagesreise ringsum ist alles trocken wie Zunder. Kaum, daß der Maquis sich durchbringt. Der Rekord der Quelle steht nämlich bei einhundertzweiundfünfzigtausend Liter Wasser pro Sekunde. Das soll 1907 gewesen sein. Ich weiß nicht, wer so etwas mißt. Gewöhnlich gibt sie im gleichen Zeitraum nur zweiundzwanzig Kubikmeter her. Man sagt, es seien die Wasser des Ventoux und des Luberon, die hier ans

Licht treten. Vor einem Dutzend Jahren hat man daher in Banon entsprechende Versuche angestellt. Aber herausgekommen ist nichts, und das stimmt mich froh. So bleibt die Quelle ein Wunder. Man weiß nicht. Gottlob.

Die Flut schäumt, gurgelt, spritzt mit der Wucht einer Entladung aus dem Berg, um sofort ein breites Bett zu bilden, auf dessen Grund grüne, nachgiebige Wälder von Wasserpflanzen wurzeln, überspielt von den Lichtern der Sonne, wenn ihr die gewaltigen Felswände für Augenblicke Zutritt gewähren, und durchhuscht von Forellen. Das Wasser besitzt eine wundervolle Klarheit, der Kontrast zur kargen Umgebung ist überwältigend. Man versetze sich in eine Felseinsamkeit, die von einer erbarmungslosen Sonne gedörrt wird, und male sich eines Verdurstenden Halluzinationen aus – noch immer wird die Phantasie nicht der strömenden, quellenden Fülle der Sorgue gleichkommen. Unterhalb des Ortes habe ich ihre Kraft erprobt und an einem Sommertage versucht, in dem sehr kalten Wasser zu schwimmen. Der ganz glatt und ruhig strömende Fluß riß, wirbelte mich einfach fort. Kein noch so kräftiges Armeschlagen kam gegen ihn an. Daher ließ ich mich treiben, arbeitete mich langsam an Land, lief zurück und begann das Spiel von neuem. Gestreichelt von sanften Wasserpflanzen, schoß ich pfeilschnell zwischen Mauern von Grün unter dem Azur des Himmels dahin. Es war herrlich, so von des Wassers Gewalt geschleudert zu werden …

Wenige Minuten westlich des Ursprungs hat sich der Talkessel so weit geöffnet, daß ein von strömendem Wasser überrauschtes Wehr Raum findet. Der Fluß bildet eine Art Teich, über den eine Brücke hinwegspringt. An diesem Teich liegt der von Platanen umstandene Platz des Ortes Fontaine de Vaucluse, der so etwas wie seine gute Stube ist. Auf seiner Mitte erhebt sich seit 1804 eine dicke Säule zu Ehren Petrarcas, die abends beleuchtet wird und wie ein magischer Zylinder in den Nachthimmel steigt. Ringsum lagern sich die Hotels des Ortes, die ihre Terrassen anpreisend nach draußen halten. Matt beschienen heben sich die mächtigen Platanenstämme aus dem Dunkel, hell beschienen hingegen ihre ins Licht herabhängenden Blätter; matt beschienen etliche Häuserfronten mit geschlossenen Läden, hell beschienen wiederum die bunten Stühle, Blumenkübel, Tische, Schilder und Karten der Gasthöfe. Wieviel verwirrende Dinge hier herumstehen! Dem Platz macht es nichts. Er besitzt seine schweigsame Würde und Hoheit. Er ist ein Tempel, gebildet aus dem feierlichen Dom der wundervollen, von unten beschienenen Platanen und erfüllt von Schweigen, in das sich das Rauschen des Flusses mischt, sobald die letzten Ausflüglerautos davongefahren sind.

Da sitzt, wippt man auf seinem Stuhl, den milchigen Pernod vor sich auf dem Tisch, und schweigt mit. Noch streicht des Ortes Trunkenbold umher, kurz und gedrungen, um sich bei Freunden eine letzte Zigarette zu schnorren oder wenigstens Stummel zu sammeln. Es muß schon wahr sein, Fremde geht er nicht an. Langsam verlöschen die Lichter, und alles versinkt in der Nacht der rauschenden Wasser. Wohin treibt dieser Punkt der Erde auf der endlosen Reise durch den Weltenraum unterdessen, beginnt man alsbald zu meditieren. Seufzend erhebt man sich. Das rinnende Wasser, das da mit Stromesgewalt vorübergleitet, ist eine einzige Aufhebung aller Sicherheit. Wer verstünde sein Spiel nicht? Sicherheit hier, Flüchtigkeit, Vergänglichkeit dort. Auf des Messers Schneide balancieren wir alle ... Und grade dieses ganz leise Erbeben macht den verborgensten Zauber von Fontaine de Vaucluse aus. Jenes leise Erschauern, das den Frieden der Nacht nur tiefer empfinden läßt.

JEAN PAUL CLÉBERT

(* 1926)

Oppède le Vieux

Im Augenblick (drei Uhr nachmittags) ist der Platz leer. Nur drei Wagen sind diskret so nahe wie möglich an den Wällen geparkt. Der abschüssige, mit groben Kieselsteinen gepflasterte Weg, der noch nicht mit der üblichen Makadamdecke belegt ist, begrünt sich mit den Kräutern des Frühlings. Ein Nachbar sucht hartnäckig, sehr langsamen Schrittes und mit der Nase am Boden, zwischen den Steinen nach Patars – das sind Sous-Stücke aus der Zeit der Päpste in Avignon, die hier nach den großen Regengüssen auftauchen. Die Häuser, die den viereckigen Platz begrenzen, mit Fassaden aus freiliegenden Steinen, mit geschlossenen Fensterläden (die meisten sind zweiter Wohnsitz ihrer Eigentümer) bilden eine unwirkliche Theaterdekoration. Ein Hund muß den Platz überqueren oder meine Tochter mit dem Fahrrad darüberfahren, um ihm seine Realität zu geben. Vollkommenes Schweigen.

Dagegen ist das alte Dorf auf der anderen Seite der Wälle, in die unser Haus (mit Mauern von 1,20 Meter Dicke) eingefügt ist, eine lärmende Volière. Rotkehlchen und Spatzen, Schwarzdrossel und Blaumeisen streiten sich um die noch kahlen Äste der hohen Japanbäume, dieser zähen Gewächse, die den ganzen felsigen Steilhang an der Flanke der Schlucht nach der Bergseite hin besiedelt haben. Was seit hundert Jahren zu Ruinenhaufen, cremefarbigen Stümpfen, geworden ist, wird zusammengehalten durch riesige Efeuranken, die wirksamer als Mörtel die letzten noch stehenden Mauern, veralteten Türstürze, Fensterkreuze, unverwüstlichen Gewölbe stützen.

Entlang der steil ansteigenden Gäßchen, die keinen Namen mehr haben, die ersten Veilchen …

Gestern, am Sonntag, sind Touristen diese steilen Pfade hinaufgeklettert, die beiden mit hochgekanteten Kieseln gepflasterten Sträßchen, die zur alten Kirche und zu den Grundmauern des Schlosses führen. Wahre Prozessionswege für verdienstvolle Gläubige. Von dort oben aus haben sie die Aussicht bewundern können bis zu den im Nebel kauernden Schranken der Cevennen; sie habe die vierzig Häuser dieses Dorfes zählen können, von denen knapp ein Viertel bewohnt ist (man erkennt sie an den Fernsehantennen, die sie verunstalten, das meine inbegriffen). Von da oben, doch nach der anderen Seite hin, taucht der Blick auch in die düsteren

Schluchten des Luberon, ins Schwarz-Grün der Zedern, ins leuchtende Grün der Steineichen, ins Grau der Felshänge. Hektare der Einsamkeit, ohne Wege, ohne Anbau, ohne Kahlschläge. Das alte Schloß der Herren von Oppède besteht nur noch aus gefährlichen Ruinen, mit im Nichts endenden Wendeltreppen, gespaltenen Bogenfenstern, schwindelerregendem Geröll, bis zu Latrinen unter freiem Himmel, wie auf dem Bild von Bruegel (Die Sprichworte), wo einst die Soldaten des Forts unmittelbar am Festungswall die Hosen runterließen, den Hintern in der frischen Luft am Absturz, kaum die Schnabelhiebe der Dohlen fürchtend und auf diese Weise in der Lage, das Gespräch mit ihren Kameraden, den Wachen in diesem schmalen Spähergang, fortzusetzen. Einer dieser Ruinenräume, unmittelbar in den Fels geschlagen und – da das Fenster längst ins Nichts gestürzt ist – geradewegs auf die Berge hinausgehend, heißt »die Liebeslaube«. Man muß diskret hüsteln, ehe man sich hier im Sommer vorbeiwagt. Denn seit eh und je sitzen in diesem Versteck Liebespaare, die sich allein auf der Welt fühlen. Auf der anderen Seite führt ein Ausfallstor ebenfalls ins Nichts. Hier, sagt man, sei Peter vom Mond, oder Pedro de Luna, der bekannte Gegenpapst, für immer entflogen.

Von diesem Rabenhorst aus – einst die prächtige Behausung des furchtbaren Barons Maynier von Oppède, des Schlächters der Waldenser in der Provençe , zu dem ich mich jeden Morgen begebe, beobachte ich den Sonnenaufgang in der Ferne über Bonnieux. Unter Oppède liegt die Ebene von Calavon noch in einem Nebelbad, so daß es aussieht, als stiegen Inseln

– die Gipfel der Hügel – aus einem weißen, schaumigen Meer. Hinter mir gleicht der Luberon mehr denn je den Landschaften der chinesischen Malerei, mit seinen an die Felswände sich klammernden verwachsenen Pinien, seinen menschengestaltigen Felsen, seinen leichten, aus einem anderen, blauschimmernden Nebel gebildeten Wolken, die an den Hügeln zerfasern. Dann, wenn das Meer abgeflossen ist und die Ebene mit ihren verstreuten Häusergruppen und ihren fernen Dörfern erscheint, entzünden sich die lotrecht aufsteigenden Rebholzfeuer, die die Bauern in drolligen kleinen Lokomotiven aus verrostetem Eisen entfachen. Hoch oben schweben die letzten Adler, Bonelli oder Jean-le-blanc gennant, die Bussarde und die Turmfalken, die lange über einem Steinmarder oder einer Waldmaus kreisen, die nur sie allein ausmachen können. In den Bergschluchten weiß ich die Füchse und die Dachse, und die wilden Katzen, denen es trotz allem gelingt, zu überleben. Im Dorf selbst entzünden sich ebenfalls die Kamine und rauchen klar, ohne die Luft zu verpesten. Nichts bewegt sich, so scheint es. Und dennoch …

MORITZ HARTMANN

(1821–1872)

Les Baux

Ihres höchsten und schönsten Ruhmes aber erfreuten sich Stadt und Fürsten von Baux im zwölften und dreizehnten Jahrhundert, der Blütezeit der provençalischen Poesie. Der Hof von Baux war der Sammelpunkt aller Trouveurs oder Troubadours – er widerhallte von Gesang, er sah Liederwettkämpfe und Liebeshöfe. Unter allen Troubadouren, und man kann die Zahl derer, die der fruchtbare Boden zwischen dem Ebro und dem Arno hervorbrachte, nach Hunderten zählen, waren nur wenige, die nicht einmal auf ihren Fahrten den steilen Felspfad heraufritten, um sich wieder reich beschenkt zu entfernen und die Taten, den Glanz, die Freigebigkeit, den Geschmack der Fürsten von Baux zu verkünden, so weit die romanische Sprache reichte. In unzähligen Sirventen und Kanzonen werden sie gerühmt, und viele ihrer Frauen und Töchter sind der Gegenstand der Liebe, des Preises bei den ausgezeichnetsten Troubadours. Fulco, der deutschen Lesern aus Lenaus »Albigenser« bekannt ist, verzehrte sich in Liebe zu Frau Adelasia, der Gattin seines Beschützers Berald, Fürsten von Baux. Diese Liebe machte ihn zum ausgezeichnetsten Dichter seiner Zeit und gab ihm Akzente und Melodien ein, durch die die provençalische Dichtersprache bedeutend bereichert wurde. Seine Liebe war unglücklich und wurde noch unglücklicher durch den Tod der geistvollen und schönen Fürstin. Voll Melancholie zog er sich in ein Mönchskloster zurück und verfiel in jenen schauerlichen Asketismus, der ihn auf den Bischofsstuhl von Toulouse geführt und aus dem zarten Sänger den fanatischen Verfolger der Waldenser gemacht hat.

Wilhelm von Cabestan liebte Berengaria von Baux. Ihr aber erschien seine Leidenschaft noch zu schwach, zu kühl; um sie heißer anzufachen, gab ihm die feurige Provençalin einen Liebestrank, der ihn aufs Krankenlager warf. Nach langem Leiden wieder genesen, wandte er sich mit Widerwillen von Berengaria ab und huldigte in unschuldigen Liedern der Frau des Seigneur Raimund von Seillans. Die Dame von Seillans liebte ihn wieder. Aber der eifersüchtige Gatte tötete den Dichter, riß ihm das Herz aus und setzte es seiner Gattin zum Abendessen vor.

Dies alles ist geschehen.

Mit dem Herz eines Dichters.

Auf höchst sonderbare Weise wurde Blacas de Baux von Sordello gefeiert. Dieser Dichter (derselbe, den Dante ins Paradies versetzt – Sordello-Mantovano, der Verfasser des »Tesoro de Tesori«, der von berühmten Männern aller Zeiten handelt) komponierte nach dessen Tod ein höchst energisches, noch heute bestehendes Sirventes, in welchem er die meisten Machthaber Europas mit Namen aufruft und sie einladet, von dem Herzen des edlen Blacas zu essen, um sich von seinen Tugenden, die ihnen mangeln, auf diese Weise einzelne anzueignen. Wenn ich mich recht erinnere, so findet sich dieses barocke, aber mutige Gedicht übersetzt in Diaz' vortrefflichem Buche über die Troubadours.

Aber nicht nur Beschützer und Helden der provençalischen Poesie waren die Fürsten von Baux; ihr Haus lieferte neben manchem gelehrten Herrn auch mehrere treffliche Dichter. Der vorzüglichste unter diesen war wohl Wilhelm von Baux, Prinz von Orange. Seine Stoffe sind edel, und die Sprache ist der Stoffe würdig. Aber sein Leben wurde ihm von Guy von Cavaillon, einem anderen Troubadour, aufs unbarmherzigste verbittert. Ununterbrochen verfolgte ihn dieser Schalk mit seinem Spotte. Den Stoff gaben zwei Abenteuer, die auf den Prinzen allerdings den fürchterlichsten Fluch der Lächerlichkeit warfen. Einmal ließ er sich von einem Kaufmann auf die plumpeste Weise prellen; ein andermal nahmen ihn einige unbewaffnete Fischer gefangen und verkauften ihn an seinen Feind, den Herrn von Poitiers.

Im dreizehnten Jahrhundert kam noch ein Poet, Rambaud de Baux, vor, und im vierzehnten, da schon Liebeshöfe verschwinden und die provençalische Poesie ihren Gipfelpunkt hinter sich hatte, finden wir noch eine Prinzessin von Baux in einen dichterischen Liebeshandel mit tragischem Ausgang verwickelt. Baussette von Baux liebte den Kanonikus von Arles, Roger, der ihretwegen aus der Kutte gesprungen war und sich an ihren Reizen zum Dichter begeistert hatte. Das Paar gehörte zu den schönsten im ganzen Süden und lebte einige Zeit glücklich im Genusse der Poesie und der gegenseitigen Schönheit. Aber ein Herr von Baux empfand ein Ärgernis über diese Liebe und erschlug den Dichter.

MARCEL PAGNOL

(1895–1974)

Der Steinmetz von Valréas

Aber da mein Großvater nicht der älteste Bruder war, erbte er die Kartonfabrik nicht und wurde Steinmetz, warum, weiß ich nicht. Als Geselle zog er durch Frankreich und ließ sich dann in Valréas nieder, später in Marseille.

Er war klein, breit in den Schultern und hatte starke Muskeln.

Als ich ihn kannte, hatte er lange, weiße Locken, die bis auf seinen Kragen fielen, und einen schönen gekräuselten Bart.

Seine Züge waren fein, aber energisch, und seine schwarzen Augen glänzten wie Oliven.

Seine Autorität gegenüber seinen Kindern war beängstigend, und seine Beschlüsse waren unwiderruflich. Doch seine Enkelkinder flochten Zöpfe in seinen Bart oder steckten ihm Bohnen in die Ohren.

Mit großem Ernst erzählte er mir manchmal von seinem Handwerk oder vielmehr von seiner Kunst, denn er war Steinmetzmeister.

Die Maurer schätzte er nicht besonders. »Wir errichten Mauern aus zugeschnittenen Steinen«, sagte er, »ein Stein muß sich genau in den anderen fügen, durch Zapfen, Stifte, Holzpfriemen und Falzbeine zusammengehalten. Natürlich gießen wir auch Blei in die Ritzen, um ein Verrutschen zu verhüten. Aber die Fugen werden so sorgfältig damit gefüllt, daß man außen nichts sieht. Die Maurer dagegen nehmen die Steine, wie sie kommen, und verstopfen die Spalten mit einem Haufen Mörtel. Auf diese Weise ertränkt der Maurer den Stein und versteckt ihn, weil er nicht gelernt hat, ihn zu bearbeiten.«

Sobald er einen freien Tag hatte – also vier- oder fünfmal im Jahr – nahm er die ganze Familie zu einem Picknick mit, etwa fünfzig Meter vor der berühmten Pont du Gard.

Während meine Großmutter die Mahlzeit bereitete und die Kinder im Fluß planschten, bestieg er die Pfeiler der Brücke, prüfte Fugen und Maße, besah sich den Schnitt und streichelte das Gestein.

Nach dem Essen setzte er sich ins Gras, die Familie gruppierte sich im Halbkreis um ihn herum. So verweilten sie im Angesicht der tausendjährigen Brücke, einem Meisterstück römischer Baukunst, das der Großvater bis zum Abend nicht mehr aus den Augen ließ.

Noch dreißig Jahre später schlugen seine Söhne und Töchter bei der bloßen Erwähnung dieser Brücke die Augen zum Himmel auf und stießen tiefe Seufzer aus.

STENDHAL

(1783–1842)

Im Schatten eines Bogens des Pont du Gard

3. August
(geschrieben im Schatten eines Bogens des Pont du Gard)

Ich habe die Nacht und einen herrlichen Mondschein genutzt, die fünf Meilen von Nîmes zum Pont du Gard zurückzulegen. Ich war fest eingeschlafen, als ich gegen fünf Uhr morgens hier ankam. Der getreue Joseph hat die Pferde zur Post nach La Foux, das etwa eine Viertelmeile entfernt ist, zurückgeschickt und mich schlafen lassen. Er hat ein Lagerfeuer angezündet und einen vorzüglichen Kaffee bereitet. Eine Ziege aus der Nachbarschaft hat die Milch geliefert.

Wie Sie wissen, erhebt sich dieses Bauwerk, das als einfacher Aquädukt diente, majestätisch inmitten der tiefsten Einsamkeit.

Die Seele sieht sich in ein langes und tiefes Erstaunen versetzt; ich glaube, nicht einmal vor dem Kolosseum in Rom habe ich so wie hier zu träumen gemeint.

Die Bogenreihe, die wir hier bewundern, gehörten zu einer sieben Meilen langen Wasserleitung, die das Quellwasser der Eure nach Nîmes brachte; hier musste man es über eine enge und tiefe Schlucht bringen. So kam dieser Bau zustande.

Vergeblich sucht man nach einem Anschein von Luxus oder Schmuckwerk: Die Römer bauten solche erstaunlichen Dinge nicht, um Bewunderung zu erregen, sondern ganz einfach dann, wenn sie notwendig waren. Die ausgesprochen moderne Auffassung, dass man etwas tut, um Eindruck zu machen, kommt dem Betrachter gar nicht in den Sinn, und wenn er an diese Sucht denkt, dann nur, um sie zu verwerfen. Die Seele ist von Empfindungen erfüllt, die man weder auszusprechen, geschweige denn zu übertreiben wagen würde. Wahre Leidenschaft hält sich verborgen.

Drei Reihen von einfachen Rundbögen in toskanischer Ordnung, eine auf die andere gesetzt, bilden diesen riesigen Bau, der eine Länge von sechshundert Fuß und eine Höhe von sechzig Fuß hat.

Die erste Bogenreihe, die den ganzen engen Talgrund überbrückt, besteht nur aus sechs Bögen.

Bei der zweiten, darüber liegenden Reihe ist das Tal breiter, sie hat elf Bögen. Die dritte Reihe schließlich besteht aus fünfunddreißig kleinen ganz niedrigen Bögen; sie reichte damals genau bis zur Höhe des Wasserlaufes. Sie ist ebenso lang wie die zweite Reihe und trägt unmittelbar die Rinne.

Glücklicherweise und zur großen Freude des kunstbeflissenen Reisenden trifft der Blick, nach welcher Seite man auch schaut, auf keinerlei Anzeichen menschlicher Kultur: Einsam verströmen Thymian, wilder Lavendel und Wacholder als die einzigen Gewächse dieser Einöde ihren Duft unter einem Himmel von blendender Klarheit. Der Geist wird durch nichts abgelenkt. So richtet sich die ganze Aufmerksamkeit zwangsläufig auf dieses Werk des königlichen Volkes, das da vor einem steht. Es scheint mir, als müsse dieser Bau wie eine erhabene Musik wirken. Er ist ein Erlebnis für wenige ausgewählte Geister; die anderen denken nur voller Bewunderung an die Geldsummen, die er gekostet haben muß.

MARIE MAURON

Mit dem Bus in die Hochprovence

Der Autobus machte eine Wendung, ließ die Alpilles samt ihrem blauen Gefolge am südlichen Horizont zurück und wandte sich anderen, von grünen Pinienbeständen bedeckten Hügeln zu. Die Gehöfte wurden größer, weiter die Felder, wo meist nur noch die kahlen Stoppeln standen, und wie ein Wachtelnest erschien Aix in der Senke, kam näher und tat sich auf.

Man brauchte nur am unteren Ende der Anlagen, am Rande des vom Murmeln des Wassers erfüllten goldenen Platzes zu warten, bis der große Alpenbus kam. Freudig wie ein Kind im Theater aß und trank Milien in aller Hast in der kleinen Wirtschaft, die dem Büro der Autobusgesellschaft angegliedert war. Alles überraschte ihn, alles machte ihm Spaß: kleine Rentner in weißen Leinenhosen, Alpakakitteln und gelblichen Strohhüten kamen und gingen und unterhielten sich auf den Bänken im sonnendurchbrochenen Schatten über den wiedererwachten Sommer.

Der Alpen-Express entriß Milien diesen Betrachtungen über das Wetter, den Mond, die Ernten, die Politik, wie sie sich vom Cours Mirabeau aus durch die Brille der philosophierenden Bürger darstellten.

Als die Stadt mit ihren Vororten und den Dörfern in der näheren Umgebung zurückgeblieben war, eilte bald eine ganz andere Landschaft an den Fenstern vorbei und erhob sich Stufe um Stufe zur Hochprovence. Die abgeernteten Getreidefelder saßen wie Flicken auf den Hügelkuppen. Oliven- und Mandelbäume kämpften mit den ersten ihrer Blüten beraubten Lavendelsträucher. Diese Hügel waren ebenso kärglich, aber höher als die Alpilles, die er heute früh in der Crau und an der unteren Durance verlassen hatte. Hier begleitete und überquerte man die Durance und die ungebärdigen Wildbäche, die sich darein ergossen, immer näher und näher an ihre Quellen, wo sie noch wild und schäumend waren. Die Brücke von Mirabeau tauchte auf, später Sisteron unter seiner ausgestorbenen Zitadelle, und dann begann wirklich das Gebirge. Wolken blieben an den rauhen Felsen kleben, schlichen in halber Höhe an den Hängen entlang oder setzten den Gipfeln Mützen auf. Die Täler füllten sich am Grunde mit Nebel. Zypressen, Olivenbäume, Mandelbäume blieben zurück. Bei jeder Drehung der Räder wurde die Luft kühler und reiner. Die Häuser, die Dörfer sahen anders aus, das ganze Leben schien verändert. Die Dächer wurden steiler, grauer mit ihren Schieferplatten und drängten sich in diesem unwirtlichen Land eng aneinander. Das alles fiel Milien auf. Als die untergehende Sonne die gestuften Bergketten berührte, sah man Schnee aufglitzern, und kaum war das Licht verblaßt, begann die immer blauer werdende Luft nach Eis zu schmecken. Milien schloß die Fensterscheibe, die einzige, die noch halb offengeblieben war.

Nunmehr schlängelte sich die Straße einen felsigen Hang entlang. Darüber und darunter wogte ein Wald von schwarzen Tannen, durch die nie ein Sonnenstrahl fiel. Bald nackt, bald bewaldet schoben sich Bergketten übereinander, überschnitten sich, erhoben sich immer höher und wurden von steilen Felsen gekrönt. Täler öffneten sich, drehten sich, und man stieg, stieg immer höher. Luz-la-Croix-Haute, die Drehscheibe der Alpfahrer, erschien auf halber Himmelshöhe in der einbrechenden Dämmerung wie ein vom Nordwind durchwehter steinerner Stern. Von überall her liefen sternförmige Straßen darauf zu und kündeten den müden Wanderern die Nähe des gastlichen Daches.

Der Autobus fuhr weiter, hinauf, hinauf. Monestier, wo Milien aussteigen mußte, war nicht mehr fern. Wider Erwarten fand man dort noch ein wenig Sonne. Nachdem sie hinter Felsriegeln, Kämmen und Gipfeln durchgeglitten war, hatte sie einen Taleingang erreicht. Sie erfreute mehr, als daß sie wärmte. Hier oben war es schon herbstlich. Die Luft war so schneidend, wie in der Provence im Dezember.

PETER MAYLE

Grasse, die Stadt der Düfte

Ich war noch nie in Grasse gewesen und wußte lediglich, daß es seit dem neunzehnten Jahrhundert das Zentrum der französischen Parfumindustrie war. Zu dem Bild, das ich mir ausmalte, gehörten alte Männer mit Strohhüten, die auf Schubkarren hohe Stapel von Rosenblättern durch die Straßen schoben, altmodische, wellblechbedeckte Destillen wie die am Rocher D'Ongles, leere Straßen und Einheimische, von denen die meisten nach Mimosen oder Chanel No. 5 dufteten. Diese Phantasievorstellungen verblaßten schnell angesichts des Blechwurms, der sich auf Grasse zuwälzte, und waren beim Anblick der Realität vollends verschwunden – Grasse war eine lebhafte, verstopfte, nach Arbeit riechende Stadt.

Daß sie es mit Parfum zu tun bekam, verdankte sie dem Zusammenspiel von Glück, Schafen, Büffeln und Katharina de'Medici. Im Mittelalter war Grasse eine Gerberstadt gewesen, in der Schaffelle aus der Provence und Büffelfelle aus Italien bearbeitet wurden. Dabei erforderten bestimmte Arbeitsabläufe die Verwendung aromatischer Kräuter (wenn Sie je in eine Gerberei hineingerochen haben, wissen Sie, weshalb). Und dann kam die Mode und lenkte die Stadt in eine völlig neue Richtung.

Während der italienischen Renaissance orientierte sich alles an Eleganz. Parfümierte Handschuhe wurden der letzte Schrei, so daß jeder, der einen Sinn für das Wesentliche im Leben hatte, Wert darauf legte, wohlduftende, gutbekleidete Finger zu haben. Katharina de'Medici rührte in ihrer Eigenschaft als Modeberaterin der Aristokratie die Werbetrommel für in Grasse hergestellte Handschuhe, und die Gerber machten selbst für sich Werbung, indem sie schon früh die Bedeutung des eingenähten Etiketts mit ihrem Namen entdeckten. Sie mochten fortan nicht nur Handwerker sein, die Büffelhäute verarbeiteten, nein, da sie den Adel mit parfümierten Handschuhen belieferten, nannten sie sich nun *gantiers parfumeurs.*

Alles ging gut, bis während der Revolution die Aristokraten und der von ihnen bevorzugte modische Schnickschnack in der Versenkung verschwanden: der König, die Herzöge und die Grafen samt ihren

Leibköchen und Pariser Palästen – eben alles, was dem größeren Ruhm der Republik geopfert wurde. Die brave Leute in Grasse – inzwischen begeistert von der Idee des Etiketts und der Möglichkeit, es auf alle möglichen Produkte zu übertragen – ließen den Hinweis auf die anrüchig gewordenen Handschuhe weg und nannten sich jetzt schlicht *parfumeurs.* Und das Parfum überlebte. Sogar im revolutionären Frankreich wollte eben nicht jeder wie ein Republikaner riechen.

Heute mischen in Grasse einige Firmen das von ihnen angebotene Parfum selbst, aber viele verlassen sich lieber auf die speziellen Talente unabhängiger Nasen. Dabei geht es um *big business*, wie uns sofort klar wurde, als wir bei Monsieurs Ferreros Büro ankamen: ein moderner Bau, der außen und innen so blitzt, als sei gerade jemand mit einem Bohnertuch durchgegangen und habe alles auf Hochglanz poliert. Die Klimaanlage trägt einen angenehmen, dezenten Duft in die Räume – *eau de bureau*, vielleicht, und das lauteste Geräusch war der Hall unserer Schritte, als wir uns von Ferrero an stillen, freundlich eingerichteten Büroräumen vorbeiführen ließen, zu deren Pflichtinventar Computer und Flaschen gehörten.

»Anstoß zur Kreation eines Parfums gibt entweder das Schreiben eines Auftraggebers oder ein Geistesblitz«, sagte er. »In beiden Fällen beginne ich mit dem *tableau olfactiv* – dem in meinem Kopf entworfenen Bild des Parfums.« Er baute die Analogie des Malers weiter aus, indem er die Nase durch die Leinwand und die Düfte durch Farben ersetzte. »Wie viele verschiedene Abstufungen von Blau oder Pink gibt es? Hunderte. Wie viele Spielarten von Zitrus, Verbenen oder Jasmin? Tausende.«

Ich glaube, die meisten Schattierungen haben wir an diesem Vormittag gesehen, und geschnuppert haben wir an so vielen, daß unsere Nasen sich am Schluß zu kringeln begannen. Der absolute Hammer aber, wenn man den nachhaltigsten Eindruck mal so nennen darf, war nicht irgendein fein abgestimmtes Blütenöl, sondern ein Geruch, um den man auf der Straße einen Bogen machen würde, weil er einem die Tränen in die Augen treiben kann.

Ferrero nahm einen Teststreifen, tauchte ihn in ein Fläschchen, zog ihn unter meinen Nasenflügeln vorbei und legte erwartungsvoll den Kopf schräg. »Eine bemerkenswerte Duftnote, nicht wahr? Was, glauben Sie, ist das?«

Es roch so durchdringend und widerlich, daß sich mir die Nasenflügel sträubten. Sogar ich, das Musterbeispiel eines nasal überforderten Laien, erkannte es. Zumindest glaubte ich es zu erkennen, wenn ich auch zögerte, Ferreros Frage zu beantworten. Es konnte nicht das sein, wofür ich es hielt – nicht in diesem Tempel der schönen Düfte.

»Na?« fragte Ferrero.

»Nun ja«, sagte ich, »es kommt mir bekannt vor …«

»Wollen Sie noch mal eine Nase davon nehmen?«

»Oh nein, nein.« Ich hatte vom ersten Mal noch genug. »Es ist äußerst ungewöhnlich. Ich versuche gerade … «

Ferreros erhobener Zeigefinger ersparte mir weiteres Herumstottern. *»Pipi de Chat«*, sagte er, unter Verwendung von Chemikalien künstlich hergestellt. Interessant, *n'est-ce pas*? Vom Naturprodukt nicht zu unterscheiden.«

Monsieur Ferrero war ein angenehmer und informativer Gesellschafter, und das offensichtlich auch für die Kellner, die bei jedem Gang, den sie servierten, ein paar Tropfen Parfumweisheit aufzuschnappen versuchten. Als ich Ferrero schließlich die naheliegende Frage stellte, warum ein winziges, hauptsächlich mit Wasser gefülltes Fläschchen genauso teuer sei wie eine wesentlich größere Flasche mit Château Latour, schüttelte er nur den Kopf.

»Die Leute haben keine Ahnung«, sagte er. »Sie glauben, der Preis wäre wegen der teuren Verpackung so hoch. Die hat natürlich auch etwas damit zu tun, aber denken Sie doch mal an die Ingredienzien.« Das tat ich, und ich muß beschämt gestehen, daß mir statt Rosenöl das *pipi de chat* durch den Sinn ging. »Irisöl kostet zum Beispiel inzwischen hundertzehntausend Francs das Kilo. Und die Kosten von Blütenblättern! Man braucht neunzig- bis hunderttausend Blütenblätter für ein Kilo Öl.« Sein Achselzucken und die zum Zeichen des Entsetzens gespreizten Hände machten uns beredt klar, welcher Investitionen es bedurfte, um uns alle einigermaßen gut riechen zu lassen.

ALPHONSE DAUDET

(1840–1897)

Mit dem Schiff in die Camargue

I Der Aufbruch

Großer Lärm im Schloß. Der Bote hat soeben den Auftrag des Jagdhüters halb französisch, halb provençalisch ausgerichtet, welcher ankündigt, daß bereits zwei oder drei schöne Flüge von »Galéjons«, von »Charlottines« vorübergezogen sind und daß es auch an anderen Vögeln nicht fehlt.

»Sie gehen mit uns!« haben mir meine liebenswürdigen Nachbarn geschrieben; und diesen Morgen bei Tagesanbruch, um fünf Uhr, hielt ihr großer Break, beladen mit Flinten, Hunden und Lebensmitteln, am Fuß des Abhangs, um mich abzuholen. Und nun rollen wir auf der Straße nach Arles, die ein wenig langweilig, ein wenig kahl ist, durch den Dezembermorgen, an dem das fahle Grün der Oliven kaum zu erkennen ist, das harte Laub der Kermeseichen aber ein wenig zu winterlich und wie gemacht erscheint. In den Ställen beginnt es sich zu regen. Hier und da erglänzt schon Licht aus den Fenstern der Meierhöfe, deren Besitzer vor Tag aufgestanden sind, und zwischen den steinernen Zinnen der Abtei von Montmajour schlagen Adler, noch vom Schlaf umfangen, mit den Flügeln zwischen den Ruinen. Dennoch begegnen wir schon an den Gräben entlang alten Bäuerinnen, die auf ihren Eselchen zum Markt trotten. Sie kommen von Ville-des-Baux.

Sechs lange Meilen, um sich eine Stunde auf den Stufen von Saint-Trophyme hinzusetzen und kleine Päckchen Heilkräuter zu verkaufen, die sie im Gebirge gesammelt haben!

Sieh! Da sind schon die Wälle von Arles; niedrige, mit Zinnen gekrönte Wälle, wie man deren auf alten Kupferstichen sieht, wo gewöhnlich mit Lanzen bewaffnete Krieger auf der Höhe der Böschungen erscheinen, die weniger hoch sind als sie selbst. Wir durcheilen im Galopp diese wunderbare kleine Stadt, wohl eine der malerischsten Frankreichs, mit ihren abgerundeten, bis in die Mitte der engen Straßen reichenden Balkonen, mit ihren alten, schwarzen Häusern mit kleinen, gewölbten, maurischen Türen, die an die Zeiten Wilhelms mit der kurzen Nase und der Sarazenen erinnern. Um diese Stunde ist noch niemand draußen. Nur der Rhônekai ist belebt. Am Fuß der Treppe liegt das Dampfboot, welches nach der Camargue fährt, zur Abfahrt bereit. Landwirte in Röcken von roter Serge, Mädchen von La Roquette, die auf den Meierhöfen Dienste suchen wollen, besteigen mit uns das Verdeck, untereinander plaudernd und lachend. Die langen braunen Mäntel schützen die Mädchen vor der scharfen Morgenluft, der hohe arlesische Kopfputz läßt ihren Kopf elegant und klein erscheinen, und mit einem allerliebsten Anflug von Unverschämtheit richten sie sich empor, um Scherz oder Bosheit weiterzugeben … Die Glocke ertönt; wir fahren ab. Mit der dreifachen Geschwindigkeit der Rhône, der Schraube, des Nordwinds fliegen wir an den Ufern vorüber. Auf der einen Seite die Crau, eine dürre, steinige Ebene, auf der andern die Camargue, ebenfalls eine Ebene, aber viel grüner, die ihre mit kurzem Gras bewachsenen, von großen sumpfigen Rohrdickichten unterbrochenen Flächen bis zum Meer vorschiebt.

Von Zeit zu Zeit hält das Boot bei einer Fähre an, zur Linken oder zur Rechten, auf der Reichsseite oder auf der Königsseite, wie man im Mittelalter, zur Zeit des Königreichs von Arles, sagte und wie die alten Rhôneschiffer noch heute sagen. Bei jeder Fähre ein weißer Meierhof, ein Kranz von Bäumen. Die Arbeiter verlassen das Boot, mit ihrem Arbeitsgerät beladen; die Frauen, ihren Korb am Arm, gehen aufrecht den schmalen Steg hinüber. Nach der Reichs- und nach der Königsseite leert sich allmählich das Boot, und als es an der Fähre der Meierei von Giraud anlegt, wo wir aussteigen, ist fast niemand mehr an Bord.

Der Meierhof von Giraud ist eine alte Besitzung der Herren von Barbentane. Wir treten ein, um den Wildhüter zu erwarten, der uns abholen soll. In der hohen Küche sitzen alle Männer des Meierhofes, Arbeiter, Winzer, Schäfer und Schäferknechte, am Tisch, ernst und schweigsam. Sie essen langsam, bedient von den Frauen, die erst nach ihnen essen werden. Bald erscheint der Wildhüter mit dem Karriol, das wahre Urbild eines Fenimoreschen Trappers zu Land und zu Wasser, ein Jagd- und Fischereiwächter. Die Leute der Umgegend nennen ihn Lou Roudeïroù (den Herumschleicher), weil man ihn stets in den Nebeln des aufgehenden oder des sinkenden Tages im Schilf verborgen auf dem Anstand sieht, oder unbeweglich in seinem kleinen Boot, damit beschäftigt, seine Fischreusen in den Clairs (den Teichen) und den Roubines (den Bewässerungsgräben) zu überwachen. Vielleicht ist es dieses Geschäft als ewiger Aufpasser, was ihn so schweigsam, so verschlossen macht. Indes, während das kleine Karriol, mit den Flinten und den Körben beladen, vor uns her fährt, erstattet er uns Bericht über die Jagd, über die Zahl der Flüge, über die Orte, wo die Zugvögel sich niedergelassen haben. So plaudernd dringen wir immer tiefer in das Land ein.

Nachdem wir die kultivierten Ländereien passiert haben, sind wir nun mitten in der wilden Camargue. Soweit das Auge reicht, schimmern zwischen den Weideplätzen Sümpfe und Bewässerungsgräben, von Salzpflanzen umgeben. Gruppen von Tamarisken und Rohrdickichte wogen auf und ab, wie ein ruhiges Meer. Nirgends ein hoher Baum. Der eintönige, unendliche Anblick der Ebene wird durch nichts unterbrochen. In größeren Entfernungen voneinander breiten Pferche ihre niedrigen, fast zur Erde reichenden Dächer aus. Die zerstreuten Herden, in die Salzpflanzen gelagert oder um den braunroten Mantel des Hirten geschart, verschwinden fast in der unendlichen Ausdehnung des blauen Horizonts und vermögen kaum die lange gleichförmige Linie zu unterbrechen. Wie das Meer, das trotz der unendlichen Menge der Wogen einförmig erscheint, so erregt diese Ebene ein Gefühl der Einsamkeit, der Unendlichkeit, das noch gesteigert wird durch den Nordwestwind, der unaufhörlich, ungehindert bläst und durch seinen mächtigen Hauch das Land zu ebnen, zu vergrößern scheint.

Alles beugt sich vor ihm. Die kleinsten Stauden bewahren die Spuren seines Hauchs und bleiben gekrümmt, nach Süden gekehrt, wie auf ewiger Flucht vor ihm …

HELMUT DOMKE

Die Geschichte der Marien

Die Legende berichtet, daß ein Jahrzehnt nach dem Tod des Erlösers eine Reihe von Zeugen seines Lebens und Sterbens in der Camargue anlandeten, und zwar in der Nähe eines Ortes, der, wohl ägyptischem Sprachgebrauch nach, Oppidum Ra geheißen war. Unter ihnen befanden sich der wiedererweckte Lazarus aus Bethanien mit seinen Schwestern Martha und Maria Magdalena, sowie zwei Schwestern der Gottesmutter, Maria Jakobäa und Maria Salome, nebst ihrer schwarzen Dienerin Sara. Weswegen sich der Ort ihrer Ausschiffung späterhin »Les Saintes-Maries-de-la-Mer« nennen sollte.

Um von Ägypten oder Syrien an die französische Küste zu gelangen, mußte man im Altertum erheblich umständlicher als heute reisen. Die Überfahrt konnte bereits bis Rom einen guten Monat dauern, ungeachtet dessen, daß die Schiffahrtsperiode nur vom 10. März bis zum 10. November währte. Bei gutem Wind verkürzte sich die Zeit allerdings erheblich. Es gab eine Linie, auf der man noch länger brauchte, und zwar die normale Route, die von Caesarea Palaestina kam, dem heutigen Kaisarije zwischen Haifa und Tel Aviv, damals Residenz römischer Prokuratoren wie des Pontius Pilatus. Diese Strecke verlief über Zypern, Kreta und Malta nach Pozzuoli bei Neapel. Das war der Weg, den Paulus nahm und zuvor, nach dem Pseudo-Rhabanus des 6. Jahrhunderts, die Heiligen von Saintes-Maries. Sie verließen also bei gutem Wind die kleinasiatische Küste, querten das Tyrrhenische Meer, ließen Rom jedoch an Steuerbord liegen und landeten endlich unweit Marseille, dort »wo sich die Rhône ins Meer ergießt«. Nahe Oppidum Ra oder Villo de la mar, wie sich die Stadt im Mittelalter nannte. Seit Augustus war sie die römische Hafenstation.

Die Reisenden kamen keineswegs aus freien Stücken. Vielmehr hatten die Juden sie bei einer Christenverfolgung ergriffen, auf eine Barke ohne Segel und Ruder gebracht und den Wellen überantwortet. Nach ihrer wunderbaren Errettung trennten sich ihre Wege. Martha ging nach Tarascon, Lazarus wurde Bischof von Marseille und Maria Magdalena zog sich in die Grotte von Sainte-Baume zurück. Die andern aber blieben, lebten, wirkten und starben am Ort ihrer Landung.

RAINER MARIA RILKE

(1875–1926)

Die Wallfahrt nach Saintes-Maries-de-la-Mer

An Lou Andreas-Salomé

12. Juni 1909

Die Wallfahrt nach den *Saintes-Maries* war seltsam; der kleine flache Ort am Meer, aus dem sich nur die feste bezinnte Kirche stark und zusammengefaßt aufhebt, voller Pilger, Hunde und Zigeuner; eine gemeinsame lange Nachtwache aller dieser Geschöpfe im dunklen unzugänglichen Kircheninnern, bei immer mehr Kerzen, bei provençalischem Gesang, bei einzelnen hohen graden Rufen um ein Wunder; und draußen immerzu das Meer.

An Sidonie Nádherný von Borutin

5. August 1909

Habe ich Ihnen, da ich zuletzt schrieb, von meiner provençalischen Reise erzählt, von dem Ort Les Saintes Maries am äußersten Meerrand der flachen silberflorigen versalzten Camargue? Ich denke jetzt viel daran zurück an jenen Wallfahrtstag und jene lange Pilgrimsnacht, die ganz in der alten festen Kirche verging. Aus dem Kapellen-Fenster hoch über dem Hauptaltar war am Nachmittag der kleine bemalte Doppelsarg der beiden heiligen Marien langsam herabgesenkt worden, auf die erhobenen Gesichter, auf die vielen glänzenden Augen zu, in die Erwartung, in das Anrufen und Ansingen hinein; und lange noch eh er aufruhte auf dem bereiteten Tisch, hatte man kleine Kinder mit immer gestreckteren Armen dem schwankend abwärtskommenden Behältnis entgegengehalten: sehr welke kleine Kinder, damit das wunderfähige Reliquär erst an ihre schweren unreifen Köpfchen rühre, die wie halbgeknickt auf das Wickelkleid absanken. Und dahinter drängten Erwachsene und hoben die leeren Hände, und drüben hielt einer krampfhaft eine Krücke hinauf, damit durch sie das heiße Wunder in ihn einstürze, das trostlose Holz zerstörend, das warm war von seiner Schulter und dürr von seiner mürrischen Last. Unten aber im Kirchenschiff oder wo er mitten zur Krypta hinunterging, hatte sich etwas losgelöst mit einem Schrei; und nun bohrte es sich durch das volle Nebeneinanderstehn: die Menge stülpte sich auf wie Erde über dem Maulwurf, der Gang pflanzte sich seltsam gewunden fort und da, am Choraufgang, konnte man, den Anfang eines Momentes lang, sehen was es war: nicht länger; denn gleich darauf verschwand es wieder, tauchte weg, sank hin mit einem schwachen abseufzenden Schlußton in einen Kreis Umstehender, die es verdeckten. Wer aber den Augenblick vorher die Stelle, von oben schauend, gefunden hatte, der hatte ein Mädchen gesehen, eine grade junge Zigeunerin, aufwärtsgespannt und mit dem aufgerissenen Gesicht empfangend, was ihr da irgendwo wiedererschien, blauauftauchend vielleicht, und hinüberblühend ins Weiß und weißglühend und blendend zuletzt, so daß sie es nicht mehr ertrug und im feurigen Glück der Vision aufbrannte mit allen

Sinnen. Aber schon war die Wegsinkende vergessen; nur eine alte wirrgraue Zigeunerfrau stieß sich zu ihr durch. Man sah noch, wie sie an einer der dünnen Opferkerzen (von denen Hunderte, sich gegenseitig anschmelzend, den ganzen Chorrand entlang lichterten) eine Cigarrette anbrannte, um der Ohnmächtigen das scharfe Geräuch in den Mund zu atmen –. Man sah es kaum: denn inzwischen glitt und glitt das Herabschwebende an den ersten einzelnen Berührungen hin ins Erreichbare, ins Überall-berührt-Sein. Und bevor es noch im Aufruhr sich seiner Schwere bewußt geworden war, häufte man schon Kinder, schreiende oder lachende, wie es kam, in die eingeschrägte Mulde, die der Zwillingsdeckel mit seinen beiden Dächern bildete. Und legte Gegenstände dazu, Kerzen, Flaschen mit im nächsten Moment schon geweihtem Wasser, kleine Photographien in Pelüsche gerahmt, ein Buch, ein Bündel Blumen, irgend ein abgenutztes Lieblingsding …

Hab ich gut erzählt? Ich wollte gerne erzählen, nicht schreiben, um die liebe Einbildung zu erzeugen, daß ich vor Ihnen stünde wie damals in dem Erkerzimmer, wo ich Ihnen von der Dame à la Licorne sprechen durfte. Erinnern Sie? Und den Rest der Wallfahrt, den Abend, die Nacht, den Morgen (denn alles das verging weiter in der alten festen Dorfkirche) soll ichs nicht wirklich lassen bis einmal zum Erzählen?

ALPHONSE DAUDET

(1840–1897)

Der Vaccarès

Das Schönste in der Camargue, das ist der Vaccarès. Oft verlasse ich die Jagd, um mich am Ufer dieses Salzsees niederzusetzen. Das kleine Meer erscheint wie ein Stück des großen, das in das Land eingeschlossen und gerade durch diese Gefangenschaft vertraut wurde. Statt der Trockenheit und Unfruchtbarkeit, die gewöhnlich solche Ufer traurig erscheinen lassen, läßt der Vaccarès auf seinem etwas hohen, von feinem Gras sammetartig grünen Ufer eine eigentümliche und reizende Flora emporsprießen: Flockenblumen, Wasserklee, Enzian und die schönen, im Winter blauen, im Sommer roten Saladellen, die ihre Farbe mit den Jahreszeiten wechseln und, da sie beständig blühen, durch ihre verschiedene Farbe die Jahreszeiten andeuten.

Gegen fünf Uhr abends, wenn die Sonne sich neigt, bietet diese drei Stunden lange Wasserfläche ohne Barke, ohne Segel, die ihre Ausdehnung unterbrechen oder begrenzen könnten, einen bewundernswerten Anblick. Das ist nicht die bescheidene Anmut der Clairs, der Roubines, die von Strecke zu Strecke zwischen den Falten des Mergelbodens erscheinen, aus welchem überall unter dem leisesten Druck das Wasser hervortritt. Hier ist der Eindruck ein großer, weiter. Von fern her zieht das Leuchten der Wogen Scharen von Möwen, Reihern, Rohrdommeln, Flamingos mit weißem Bauch und rosenroten Flügeln herbei, die sich das ganze Ufer entlang in langer Reihe zum Fischen aufstellen und mit ihren verschiedenen Farben ein buntes Band um den See herumlegen, und dann Ibisse, wirkliche ägyptische Ibisse, die sich in diesen warmen Sonnenstrahlen, in diesem stillen Land ganz heimisch fühlen. Von meinem Platz aus höre ich in der Tat nichts als das Anschlagen der Wellen und die Stimme des Wächters, der seine am Ufer zerstreuten Pferde zusammenruft. Sie führen hochtönende Namen: »Cifer (Lucifer)! ... L'Estello! ... L'Estournello!« Jedes Tier läuft mit fliegender Mähne herbei, sobald es seinen Namen nennen hört, um Hafer aus der Hand des Wächters zu fressen ...

Weiterhin, immer noch auf demselben Ufer, weidet eine große Herde (manado) Stiere in Freiheit, wie die Pferde. Von Zeit zu Zeit erblicke ich über einem Tamariskengesträuch ihre gekrümmten Rücken und ihre kleinen sichelförmigen Hörner, die sich emporrichten. Die Mehrzahl dieser Stiere der Camargue werden für die Ferrades (Stierkämpfe) gezüchtet, und einige von ihnen gehören zu den Zirkus-Berühmtheiten der Provence und des Languedoc. So zählt die benachbarte Manado unter anderen einen gefürchteten Kampfstier namens ›Le Romain‹, der bei den Stierkämpfen in Arles, Nîmes, Tarascon schon ich weiß nicht wie vielen Menschen und Pferden den Leib aufgeschlitzt hat. Infolgedessen haben ihn seine Gefährten zum Führer gewählt; denn bei diesen eigentümlichen Herden regieren sich die Tiere selbst, indem sie sich um einen alten Stier scharen, den sie als Anführer anerkennen. Überfällt ein Orkan die Camargue, ein Orkan, der in dieser weiten Ebene um so schrecklicher ist, als nichts ihn aufhält, nichts ihn von seinem Weg ablenkt, so muß man sehen, wie die Manado sich hinter ihrem Führer zusammendrängt, alle Köpfe gesenkt und die breiten Stirnen, in denen sich die Kraft des Stiers verdichtet, in Richtung des Windes gekehrt. Unsere provençalischen Hirten nennen dieses Manöver: »vira la bano au gisele« – die Hörner nach dem Winde richten. Und wehe den Herden, die sich ihm nicht anbequemen! Von dem Regen blind gemacht, von dem Orkan fortgetrieben, wendet sich die Manado in wahnsinniger Flucht gegen sich selbst, zerstreut sich entsetzt, und die rasenden Stiere stürzen, um dem Sturm zu entfliehen, in die Rhône, in den Vaccarès oder ins Meer.

ALEXANDER VON VILLERS

(1812–1880)

Am Strand von Antibes

18. April 1868

Hätte der heutige Apriltag Glück gehabt, er wär im Juli in Schwarzau auf die Welt gekommen. Das war ein Sommer! Und zwischen Klippen hab ich ihn zugebracht; dort sind Stellen, da war niemand als das Mittelländische Meer und ich. Das hat sich gewundert! Es hatte noch nie einen Legationsrat gesehen und konnte sich über den Anblick nicht beruhigen.

Ich begreife seine Aufregung. Steine hab ich geklopft, die halbe französische Küste mitgenommen. Es ist etwas sehr Merkwürdiges, scheint mir; wie von einem dunklen Opal ist der Dolomit überzogen; man glaubt eine Alge zu sehen, aber es ist harter Fluß. Ich bin sehr neugierig zu erfahren, was es ist, und hatte schwer daran zu schleppen.

Wie das öde und schrecklich ist und einen doch so mächtig anzieht; wie ein Perpendikel kommt und geht die Brandung, und nie wird man müde, die Bewegung zu sehen. Das dümmste Zeug hab ich aufgelesen und in meinen Ranzen gepackt, als wären es Schätze. In dem großen Spiel ist aber nichts unbedeutend; im »Lear« erscheinen sogar die Statisten erhaben.

Ende April 1868

Bei Nordwind ist das Meer blau, vom Ostwind wird es bleich. Der Wind ein Färber, das ist neu. Der Nordwind heißt hier Mistral, und nach Antibes kommt er als Westwind, denn er muß um die Ecke. Aber was das für eine Ecke ist! Das Kap Esterelle; so schön der Name, so schön das Gebirge. So sinkt ein Berg ins Meer, wenn er seiner würdig endet. Mit Grazie sterben; müssen wir doch mit Grazie leben und von solchem Ende unsern Anfang lernen. Auf meine alten Tage werd ich furchtsam. Die See ist warm genug, und ich könnte täglich darin baden. Aber ich habe Furcht vor dem Puly – die pieuve –, vor Haifischen und vor der großen Menge Wassers. In den Klippen kriech ich viel herum und suche nach Muscheln und Seeigeln. Der Seeigel ist zweckmäßiger erschaffen als der Mensch, denn er geht auf seinem Schnurrbart.

Hier haben die schönen Dinge auch schöne Namen. Vellelle heißt ein reizendes Geschöpf von blauem venezianer Glas, das in Flotten auf dem Meere schwimmt und ein blaues glänzendes Segel ausspannt. Ans Ufer geworfen, zerschmilzt es wie ein Flocken Schnee. Nichts möchte man so gerne anderen zeigen, und doch kann man davon nur erzählen.

Die Sprache, die das Volk redet, ist die Sprache der Troubadours. Mein alter Fischer ist ein Troubadour; der Hirt, der Schafe und Ziegen weidet, ein Troubadour. »Pschah diu«, hört ich ihn heut morgen, nicht rufen, nein, leise vor sich hin sagen, und die ganze Herde erhob sich und folgte ihm. Das geschah so lautlos zwischen Olivenbäumen, blühenden Zistussträuchen und alten grauen Steinen. Nachtigallen füllen den Garten und singen bei Tag und Nacht, daß ich's hören kann, wenn ich mit einem Netze Mustics fange. In Laxenburg heißt mans Schnaken. Mich unterhält die Jagd im Bett. Denn ich fange Töne, so fein und schwellend kommen sie gezogen in weiten Kreisen. Zum Schlaf ist Zeit genug.

JEAN GUICHARD-MEILI

Die Kapelle in Vence

Bald darauf wurde Matisse vom Mittelmeer stärker und entscheidender als je zuvor in Bann gezogen; eine neue und andere Richtung seiner Malerei war die Folge. 1909 hatte er in Issy-les-Moulineaux, einem

Vorort von Paris, ein Haus gekauft. Als er Ende 1917 seinen Freund Marquet in Marseilles besuchte, erkrankte er an Bronchitis; dem Rat des Freundes folgend, fuhr er zur Erholung nach Nizza. Die Stadt, ihre Lage, das Klima, der Glanz des Himmels und des Meeres und die Pracht der Vegetation übten einen solchen Zauber auf ihn aus, daß er beschloß, sich dort niederzulassen. Später gestand er: »Als mir klar wurde, daß ich jeden Morgen dieses Licht wiedersehen würde, konnte ich mein Glück kaum fassen.« Zuerst wohnte Matisse in einem Hotel, dann zog er in die Altstadt und schließlich auf den Hügel von Cimiez. Sein Wahlspruch »Nizza, Arbeit und Freude« schmückt ein Plakat, das er in den letzten Jahren seines Lebens für die Stadt schuf.

Die Atmosphäre von Nizza, die jeden Tag zu einem Fest macht, wirkte alsbald befreiend auf die Kunst des Malers und regte ihn an, die ihn umgebende Pracht ins Bild zu übertragen.

Ob in Cimiez oder in der Villa »Le Rêve« in Vence, immer entsprach die Einrichtung seines Hauses den besonderen Bedürfnissen des Künstlers. Ein Pult ermöglichte ihm, liegend zu zeichnen und zu arbeiten; ein drehbarer Bücherschrank befand sich in Reichweite. Ein langes, leichtes Bambusrohr, an dem die Zeichenkohle befestigt war, half ihm, gewisse Formen in einer Entfernung (sogar an der Zimmerdecke) zu erproben. Lydia Delektorskaya, eine blonde Russin, deren ruhige Schönheit Matisse zu unzähligen Blättern angeregt hat, war Sekretärin, Mitarbeiterin und Modell zugleich.

Eine Zeitlang diente ein großer schöner Raum im Haus des Künstlers als Vogelkäfig, in dem Dutzende von seltenen exotischen Vögeln neben grauen und weißen Tauben umherflatterten. Große grüne Blattpflanzen, Gummibäume und Philodendren setzten den Garten bis ins Innere des Hauses fort. Auf Möbeln und in Vitrinen standen und lagen Kunstgegenstände aus aller Welt: Negermasken, polynesische Statuetten, japanisches Porzellan, orientalische Seidenstoffe und hervorragende chinesische Kalligraphien. Besonders reich vertreten waren natürlich die eigenen Werke, die frühen Skulpturen, Zeichnungen und vor allem die farbigen Scherenschnitte in großem Format; an die Wand geheftet warteten sie darauf, ihre endgültige Form zu bekommen oder in Keramik oder Glasfenstern verwirklicht zu werden.

In einer solchen Welt scheint das Abenteuer der Kapelle von Vence zuerst ziemlich überraschend und beinahe unerklärlich. Die Bezeichnung Abenteuer ist durchaus gerechtfertigt, wenn man bedenkt, daß diese Arbeit Matisse vier Jahre lang in Anspruch nahm. »Ausgerechnet eine Kirche?«, wunderte sich Picasso. »Warum machen Sie nicht eine Markthalle? Da könnten Sie Obst und Gemüse malen ...«. Der Maler der *Auberginen* antwortete: »Aber das ist mir ganz einerlei. Ich habe Grüntöne, die grüner sind als Birnen, und Orangetöne, die orangefarbener sind als Kürbisse. Also wozu! ...« Matisse hatte sich bis dahin nicht mit religiösen Themen beschäftigt. Die schwere Krankheit 1941 jedoch, der er fast erlag, stimmte ihn wohl nachdenklich. Tief berührte ihn die aufopfernde Pflege einer Schwester des Dominikanerordens. In Vence, einem reizvollen kleinen Städtchen in den Bergen nördlich von Nizza, wo der Künstler damals lebte, besuchte ihn 1947 eine Krankenschwester des gleichen Ordens, die ihn von da an betreute. Von ihr erfuhr er von dem Plan der Dominikanerinnen, am Ort neben ihrem Genesungsheim eine Kapelle zu errichten. Frère Rayssiguier, der sich mit architektonischen Problemen in Verbindung mit einer Erneuerung der Liturgie befaßte, unterhielt sich ebenfalls mit dem Maler über dieses Projekt, und eines Tages erbot sich dieser die Innenausstattung zu übernehmen. Matisse erkannte sogleich die Gelegenheit, ein Werk schaffen zu können, das, anders als das monumentale Wandgemälde *Der Tanz* in Merion, ganz in seinem Ermessen stand, in dem er seine verschiedenen Ausdrucksmittel zeigen konnte. Es ging ihm auch darum, »einem geschlossenen Raum von sehr beschränktem Ausmaß allein durch das Spiel der Farben und Linien die Dimension des Unendlichen zu geben«. Die Architektur, im wesentlichen von Frère Rayssiguier mit Hilfe von Auguste Perret entworfen, entsprang nicht dem Wunsch nach Originalität um jeden Preis. Es galt vielmehr, einen einfachen Raum für ungefähr zwanzig Nonnen und achtzig Laien zu schaffen; daher die Aufteilung in zwei Schiffe verschiedener Größe, die im rechten Winkel zueinanderstehen, und die Aufstellung des Altars schräg zu beiden Schiffen. Das Licht fällt durch die Öffnungen in der Süd- und in der Westwand, während Nord- und Ostwand nicht durchbrochen sind. Daraus erklärt sich des Künstlers weitere Absicht, »eine Fläche voller Licht und Farben mit einer glatten, weißen, nur mit einer schwarzen Zeichnung bedeckten Wand ins Gleichgewicht zu bringen«.

Die Kapelle ist ganz in Weiß gehalten. Weiß wie die umliegenden Gebäude leuchtet sie zwischen grünen

Bäumen und fast schwarzen Zypressen; die blau schimmernden runden Dachziegel dagegen scheinen den Himmel zu spiegeln. Im Innern fällt auf weiße Wände, Decke und Fußbodenfliesen der Schein der Glasfenster: zwei Gruppen von sechs, beziehungsweise neun sehr schmalen, parallel laufenden Fenstern, die die ganze Höhe der Wand einnehmen, und ein breites Doppelfenster an der Westwand.

Themen und Ausführung der drei großen Wanddekorationen standen von Anfang an fest: die Figur des hl. Dominikus, die Jungfrau mit dem Kind und der Kreuzweg, alle drei mit einfachen schwarzen Strichen auf weiße Kacheln gezeichnet. Für die in wenigen Farben ausgeführten Glasfenster, zu deren Gestaltung Matisse sich der ihm vertrauten farbigen Scherenschnitte bediente, machte der Künstler vier Jahre lang Studien und Entwürfe, die er wieder und wieder abwandelte, um zu immer größerer Einfachheit zu gelangen.

HENRI MATISSE

(1869–1954)

Rückkehr nach Nizza 1943

Alles ist neu, alles ist frisch, als ob die Welt eben geboren wäre. Eine Blume, ein Blatt, ein Kieselstein – alles glänzt, alles schillert, alles ist wie gescheuert und gefirnißt. – Sie können sich gar nicht vorstellen, wie schön das alles ist! Manchmal sage ich mir, daß wir das Leben entheiligen. Wir sehen die Dinge so oft, daß wir sie nicht mehr ansehen. Wir kommen ihnen mit abgestumpften Sinnen entgegen. Wir haben kein Gefühl mehr. Wir sind blasiert. Ich sage mir, daß man sich Entbehrungen auferlegen sollte, um wieder richtig zu genießen. Es ist gut, beim Verzicht anzufangen und sich von Zeit zu Zeit eine Enthaltungskur aufzuerlegen. Turner lebte in einem Keller. Alle Wochen einmal ließ er die Läden aufreißen – aber wie glühte dann die Welt, wie strahlte sie! Sie funkelte wie Juwelen!

Das Vorbild des alten Renoir hat einen tiefen Eindruck auf mich gemacht. Ich besuchte ihn in Cagnes. In den letzten Jahren seines Lebens war er nur noch ein Bündel von Schmerzen. Man trug ihn bis zu seinem Sessel. Dort sackte er wie eine Leiche zusammen. Er hatte die Hände verbunden, die Finger wie Wurzeln so von der Gicht verdreht, daß er einen Pinsel nicht halten konnte. Man steckte den Stiel eines Pinsels in seinen Verband. Die ersten Bewegungen waren so schmerzhaft, daß sie ihm eine Grimasse abforderten. Wenn er sich aber nach einer halben Stunde warmgearbeitet hatte, wurde der Tote wieder lebendig: nie sah ich einen glücklicheren Menschen. Und ich habe mir selbst geschworen, nie ein Feigling zu werden.

JEAN COCTEAU

(1889–1957)

Hotel Welcome

Dieses Hotel ist ein Quell von Mythen, ein Ort, den die poesiebegeisterte Jugend in einen Altar verwandeln und mit Blumen schmücken müßte. Dichter unterschiedlichster Art und verschiedenster Sprachen lebten hier, und durch die Spannung zwischen ihren Kraftströmen wurde aus diesem außergewöhnlichen Städtchen, dessen Gewirr jäh am Wasser endet, ein wahres Lourdes, ein Mittelpunkt von Legenden und Erfindungen.

Immer wieder taucht in den späteren Schriften Jean Cocteaus die mythenumwobene Zeit der zwanziger und dreißiger Jahre im Welcome auf. An der Mittelmeerküste erholte sich Cocteau erstmals von der Depression, in die ihn der frühe Tod seines Freundes Raymond Radiguet gestürzt hatte, und später kam er immer wieder, um zu arbeiten. Als er hörte, es sei zerstört worden – was ein Irrtum war –, wollte er es nicht wahrhaben: »Phantome bleiben von Bomben verschont«.

Ein verwunschenes Hotel war das Hotel Welcome in Villefranche. Man sah zur Rechten auf Nizza, zur Linken auf Monte Carlo und seine verlogene Architektur. Das Hotel Welcome aber war ganz einfach charmant und hatte, wie es schien, nichts zu befürchten. Seine Zimmer waren mit Ölfarbe gestrichen. Die vorgetäuschte italienische Perspektive der Fassade hatte man mit gelber Farbe übertüncht. In der Bucht ankerten Flottengeschwader. Fischer flickten Netze und schliefen in der Sonne.

PAUL GAUGUIN / CAMILLE PISSARO

(1848–1903 / 1830–1903)

Über Cézanne

Paul Gauguin an Emile Schuffenecker

14. Januar 1885

Warum sollten uns Linien und Farben nicht auch den mehr oder weniger großartigen Charakter des Künstlers anzeigen? Nehmen Sie Cézanne, den Unverstandenen; eine zutiefst mystische Natur aus dem Orient (sein Gesicht gleicht dem eines Alten vor Sonnenaufgang) erstrebt in der Form etwas Geheimnisvolles und die schwere Ruhe eines Menschen, der sich zum Träumen hinlegt. Seine Farbe ist ernst und feierlich wie die Art der Orientalen. Als Mensch des Südens bringt er ganze Tage auf dem Gipfel der Berge mit dem Lesen Vergils und dem Betrachten des Himmels zu. Darum sind seine Horizonte hoch, seine Blau sehr intensiv, und darum vibriert das Rot bei ihm so erstaunlich. Wie man Vergil nach Gutdünken in mehr als einem Sinn interpretieren kann, so besitzt das Literarische seiner Bilder einen parabolischen Sinn in doppelter Hinsicht: seine Gründe sind ebenso imaginativ als wirklich. Um zusammenzufassen: Wenn man ein Bild von ihm sieht, ruft man aus: sonderbar, aber das ist doch toll! Eine ganz besondere, mystische Schreibweise: die Zeichnungen desgleichen …

Camille Pissarro an seinen Sohn Lucien

Paris, 21. November 1895

Ich dachte auch an die Ausstellung Cézannes, wo so erlesene Dinge sind, Stilleben von makelloser Vollkommenheit, daneben welche, die sehr durchgearbeitet und doch nicht fertig gemalt sind, noch schöner als die andern; Landschaften, Akte, unvollendete Köpfe, die doch wahrhaft grandios und so durch und durch Malerei, so geschmeidig sind. Warum? Die Empfindung macht es! Sonderbar: während ich jene merkwürdige, bestürzende Seite Cézannes bewunderte, die ich seit Jahren fühle, kommt Renoir. Aber meine Begeisterung ist gar nichts, verglichen mit der Renoirs! Sogar Degas hat den Zauber der Natur dieses raffinierten Wilden an sich erlebt, Monet, alle – ja, irren wir uns denn? Ich glaube nicht. Die einzigen, denen dieser Zauber entgeht, sind gerade jene Künstler und Sammler, die uns eben durch unsere Irrtümer beweisen, daß ihnen ein Sinn fehlt. Übrigens weisen sie alle ganz logisch auf die Fehler hin, die auch wir sehen und die vor der Nase liegen, aber den Zauber, nein, den spüren sie nicht. Wie Renoir mir ganz richtig sagte, besteht hier eine gewisse Analogie zu den so herben, so wundervollen Malereien von Pompeji. Diese Kunst hat nichts mit der Académie Julian zu tun!

VINCENT VAN GOGH

(1853–1880)

Über die Schwierigkeit, die Provence auf der Leinwand zu erfassen

Nun der Schnitter – zuerst dachte ich, die Wiederholung im großen Format, die ich dir schicke, wäre nicht schlecht – aber später, als die Mistral- und Regentage kamen, fand ich das nach der Natur gemalte Bild besser, das mir erst etwas seltsam vorgekommen war.

Aber nein, bei kaltem, trübem Wetter ruft mir gerade dieses Bild die sommerliche Backofenhitze und die weißglühenden Kornfelder ins Gedächtnis, also kann es nicht gar zu übertrieben sein.

Ich fühle mich zur Zeit völlig normal und erinnere mich überhaupt nicht mehr an diese schlimmen Tage.

Wenn ich meine Arbeit habe und regelmäßige Ernährung, wird es wahrscheinlich noch ziemlich lange so einigermaßen gehen, ich werde meine Arbeit weitermachen, ohne daß das wiederkommt. Denn Ende des Monats kriegst du noch ein Dutzend Studien von mir.

Leider gibt es hier keine Weinberge, sonst hätte ich mir vorgenommen, diesen Herbst nichts weiter als Weinberge zu malen. Es gibt schon welche, aber da müßte man in einem anderen Dorf wohnen.

Aber die Ölbäume sind sehr charakteristisch, und ich gebe mir große Mühe, das einzufangen. Es ist Silber, das mal ins Blaue, mal ins Grüne spielt, bronzefarben, und beinah weiß auf gelbem, rosaviolettem oder orange Boden, der bis zu stumpfrotem Ocker geht.

Aber sehr schwer, sehr schwer. Doch das ist mir recht, und es lockt mich, aus dem Vollen in Gold oder Silber zu arbeiten. Eines Tages mache ich vielleicht etwas ganz Persönliches daraus, wie ich es mit den Sonnenblumen für die gelben Töne gemacht habe. Wenn ich diesen Herbst welche gehabt hätte! Aber diese Halb-Freiheit hindert mich oft daran, das zu machen, wovon ich fühle, daß ich es machen könnte.

Es überrascht mich sehr, daß Herr Isaacson einen Artikel über meine Studien schreiben will. Es wäre mir lieber, wenn er noch damit warten würde, sein Artikel würde absolut nichts dabei verlieren, und nach einem weiteren Arbeitsjahr könnte ich ihm – hoffe ich – bessere Sachen vorlegen, mit einer kraftvolleren Entschiedenheit in der Zeichnung, mit größerer Kenntnis des provençalischen Südens ...

Obwohl ich nicht wie der gute Prévos hier im Süden eine Geliebte habe, die mich festhielte, sind mir die Menschen und Dinge doch unwillkürlich lieb geworden.

Was du mir von Auvers berichtest, ist mir eine sehr erfreuliche Aussicht, und ob nun früher oder später – ohne zu weit vorauszudenken –, das muß man im Auge behalten. Wenn ich in den Norden käme, selbst wenn bei diesem Doktor kein Platz für mich wäre, so würde er doch wahrscheinlich auf deine und Vater Pissarros Empfehlung hin eine Unterkunft in einer Familie oder ganz einfach im Gasthof ausfindig machen können.

Die Hauptsache ist, daß man den Arzt kennt, damit man nicht, wenn ein Anfall kommt, in die Hände der Polizei gerät und mit Gewalt in eine Anstalt geschleppt wird.

Glaube mir, ich bin so gespannt auf den Norden wie auf ein neues Land ...

Ja, ich möchte Isaacson sagen, er täte gut daran, noch etwas zu warten – meinen Arbeiten fehlt noch etwas, was ich bei fortschreitender Gesundheit zu erreichen hoffe. Es lohnt nicht, von meiner jetzigen Arbeit zu reden, wie es damit auch bestellt sein mag. Wenn ich zurück bin, ergibt sich allenfalls eine Gesamtheit von »Eindrücken aus der Provence«, aber was bedeutet es jetzt, wo ich noch die Ölbäume, die Feigenbäume, die Weinberge, die Zypressen malen muß, lauter charakteristische Dinge, und auch die Alpilles müssen noch stärker charakterisiert werden.

FRANÇOISE GILOT

Pablo Picasso in Ménerbes oder Skorpione und Hörner

»Ménerbes liegt im Département Vaucluse in der Nähe von Gordes. Es sieht aus wie eine dörfliche Festung. Von seiner Höhe überblickt es das Ackerland des reichen Tales von Cavaillon. Die Landschaft war sehr reizvoll, doch das Haus lag mitten im Dorf.

Es war ein großes Haus, und weil es an einen schräg abfallenden Felshang gebaut war, lagen an der Straßenseite vier Stockwerke, an der Rückseite jedoch nur ein einziges. Was vorn die vierte Etage war, bildete hinten das Erdgeschoß. Im untersten Stockwerk lag nach vorn hinaus eine dunkle, hohe Diele, die hauptsächlich als Duschraum benutzt wurde, weil es das einzige Stockwerk war, das fließendes Wasser hatte. Das nächste Stockwerk darüber bestand aus großen Räumen, die im Empirestil eingerichtet waren. Das Haus hatte früher einem der Generäle Napoleons gehört, der sich hier nach der endgültigen Niederlage des Kaisers angesiedelt hatte.

Die Vormittage waren fast ausschließlich der Erholung gewidmet. Mittags gingen wir in ein Bistro im Zentrum des Dorfes. Die meisten der Gäste waren Steinmetze, die in den nahegelegenen Steinbrüchen arbeiteten. Wir hörten sie oft über Skorpione sprechen. Fast jeden Mittag erzählte einer der Arbeiter von jemandem, der gerade an diesem Morgen von einem Skorpion gebissen worden war. Als ich das erstemal davon hörte, beachtete ich das nicht weiter, doch als es öfter geschah, fing ich wohl an, besorgt auszusehen, denn Pablo versuchte mich aufzuheitern und erzählte mir, daß auch Marie Cuttoli im vergangenen Jahr von einem Skorpion gebissen worden sei: »Wie du siehst, ist sie nicht gestorben. Sie war natürlich eine Zeitlang ziemlich krank.« Die eine Hälfte des Dorfes lag an der sonnigen Südseite eines großen Felsgiebels, doch Dora Maars Haus lag nach Norden an der »kalten Küste«, wie die Einheimischen es nannten. Weil das Haus nur als Sommerwohnung gedacht war, besaß es einen gewissen Vorteil: Die Räume waren nie zu heiß. Die Skorpione aber liebten, wie ich bald herausfand, ebenfalls den Schatten. Zuerst entdeckte ich einen oder zwei im Garten, dann einige weitere an der Außenwand des Hauses. Innen gab es ein monumentales Treppenhaus, und auch dort stieß ich auf eine Anzahl nicht weniger monumentaler Skorpione. Dann fand ich einen Skorpion in unserem Schlafzimmer. Tagsüber war alles in Ordnung, doch wenn es dunkel wurde, kamen sie in Scharen heraus. Deshalb mußten wir alle Kleidungsstücke von innen nach außen wenden und sorgfältig absuchen, bevor wir uns anzogen.

Vom Hause aus konnten wir das Dorf Gordes sehen, das auf dem gegenüberliegenden Hügel auf der anderen Seite des Tales lag. Jeden Abend hörten wir den Klang der Jagdhörner, die auf allen im Tal verstreuten, kleinen Höfen geblasen wurden, ein höchst dissonanter Chor. Die Sonnenuntergänge in jener Gegend sind prachtvoll, und ich empfand es als ziemlich störend, einen Sonnenuntergang zu genießen und all den Frieden und die Ruhe, die er brachte, und dann plötzlich durch das Geblase ringsum im Tal gestört zu werden. Das ging allabendlich so, von der Dämmerung bis gut nach zehn Uhr. Pablo jedoch war entzückt. Eine seiner größten Freuden war es, Horn zu blasen. Im Atelier in der Rue des Grands-Augustins hatte er ein altes Signalhorn der französischen Armee, von dem eine rotweißblaue Schnur herabhing. Täglich nahm er es in die Hand und blies ein paar kräftige Töne so laut, wie es ihm möglich war. Das war freilich nicht ungefährlich, denn in Paris gab es Gesetze gegen Geräusche dieser Art, und besonders während der Besatzungszeit wäre es ihm schlecht bekommen, wenn er zu laut geblasen bitte. Doch sofort nach der Befreiung, in der allgemeinen Erregung, wurde er sehr mutig und brachte es soweit, dreißig Noten am Tag zu blasen. Ich glaube, das bereitete ihm größte Befriedigung. Versäumte er einmal aus irgendeinem Grund, seine dreißig Noten zu blasen, fühlte er sich elend. So waren diese Geräusche für ihn hier in Ménerbes, wo er eine Zeitlang sein tägliches Pensum entbehren mußte, zunächst Balsam. Aber mit der Zeit machte es ihn nur unglücklich. Er wollte sein eigenes Horn, doch das war in Paris geblieben.

Am 14. Juli, am Nationalfeiertag, ernteten wir die Früchte all dieser Proben: Ein Fackelzug mit sämtlichen Hornbläsern aus Ménerbes und dem umliegenden Tal fand statt; große stämmige Mannsbilder mit roten Köpfen und in Hochstimmung schwangen ihre Fackeln und bliesen mit aller Kraft in ihre Hörner – einer falscher als der andere. Und das dauerte fast drei Stunden. Ich konnte Pablo nicht von der Stelle bringen. Nie habe ich ihn erregter gesehen als damals beim Anblick dieser rauhen Hufschmiedetypen, die meisten von ihnen mit entblößten Oberkörpern, die das geliebte Jagdhorn bliesen und ihre Fackeln schwangen. Dies war wahrhaft Männersache, und die Frauen waren praktisch davon ausgeschlossen. Das bedeutete – und das ist wohl einzigartig am 14. Juli –, daß nicht getanzt wurde: genau das richtige für Pablo. Er haßt das Tanzen nicht nur, er hält es für die unanständigste aller denkbaren Vergnügungen. Für einen Mann, der so ungehemmt ist wie er, hat er, was das Tanzen betrifft, eine seltsam puritanische Ader. Mit einer Frau zu schlafen, mit irgendeiner Frau oder mit jeder Menge Frauen, war vollkommen in Ordnung.

Aber mit einer Frau zu tanzen, war der Gipfel der Dekadenz. Offenbar war in Ménerbes niemand dekadent, also tanzte niemand. Sie gaben sich einem rein männlichen Vergnügen hin, soviel Lärm zu machen, wie menschenmöglich war.

Am nächsten Morgen malte Pablo, noch erregt von dem Schauspiel, eine große Gouache der Männer, die in der Nacht mit einer rotweißblauen Fahne durch die Straßen zogen und ihre Fackeln und Jagdhörner schwangen. (...)

Inzwischen rückten uns die Skorpione immer mehr auf den Leib. Eines Abends, als ich mich an die Wand lehnte, rief Pablo: »Sieh hinter dich!« Ich wandte mich um und sah drei Skorpione, die um meinen Kopf herumflitzten. »Das ist die Art Krone, mit der ich dich gern sehe. Sie ist mein Tierkreiszeichen«, sagte er.

BRASSAÏ

(1899–1984)

Besuch bei Picasso in »La Californie«

Cannes, Mittwoch, 18. Mai 1960

Um zwei Uhr dreißig auf den Hügeln von Cannes vor La Californie. Picassos Villa sieht genauso langweilig und protzig aus wie die umliegenden, die aus der Zeit der Großherzoge, der glorreichen Zeit der Côte d'Azur, stammen. Die Gärten allerdings ... Wahrscheinlich ließ der Mangel an Gärtnern Kiefern, Zypressen, Eukalyptus, Mimosen, Oleander und Jelängerjelieber so wild durcheinander wuchern. Nur die hohen Kronen der Palmen ragen heraus, blicken ins Weite und wiegen sich leicht in der Meeresluft ... Welcher Umstand hat dieser Villa die Ehre verschafft, Picasso und seine Schätze beherbergen, ja die Werke der vergangenen Jahre inspirieren zu dürfen, welcher Zufall hat gerade ihren Namen unter die Folge Bateau-Lavoir, Boisgeloup, Vallauris und Palais Grimaldi gesetzt? Nur Picassos Widerwille gegen alles, was »guter Geschmack« ist, nur seine Vorliebe für das Verrückte, Verschrobene, Verspielte – die Villa ist mit Gips und Stukkaturen überladen –, seine Gleichgültigkeit gegenüber seiner Wohnstätte und seine Angewohnheit, alles hinzunehmen, wie es kommt, nur diese Eigenschaften allein können Picassos Wahl erklären ... So hatte er einst Kahnweiler die Sorge überlassen, sein Atelier von Montmartre nach Montparnasse zu verlegen, während er mit Éva *ma jolie* auf Hochzeitsreise ging; so hatte er später Paul Rosenberg beauftragt, ihm ein Atelier zu suchen, während er fern von Paris mit Olga in Spanien Flitterwochen verlebte ...

Ich will klingeln, aber zu meiner großen Überraschung ist das Gartentor nicht verschlossen. Die Pförtnersfrau meldet uns an. Der Hof ist leer. In der Garage stehen mehrere Autos, darunter ein prachtvoller weißer Lincoln. Rechts von der Terrasse entdecke ich einen alten Bekannten, den »Hirsch« aus Boisgeloup; links eine seltsame metallische Blume mit zerrissenen Blütenblättern: ein explodiertes Geschoß, das einst Tod und Verderben um sich verbreitete ...

Auf der Terrasse erscheint unter einer mächtigen Marquise ganz klein Picasso. Er umarmt mich herzlich. Er hat sich nicht verändert. In seinem enganliegenden Pullover wirkt er, von Mistral und Sonne gebräunt, solide wie ein Felsblock, und seine Augen haben nichts von ihrem Feuer verloren ... Er führt uns in sein »Atelier«: drei nebeneinanderliegende, sonnenüberflutete große Zimmer, aus denen man in den Park hinaussieht.

Im Grunde hat sich seit dem Tag, an dem ich ihn in der Ru La Boétie kennenlernte, nichts geändert, nur sind die Räume größer und die um ihn herum angehäuften Dinge zahlreicher geworden. Ich bin glücklich, ihn wiederzusehen. Die Bekanntschaft seiner jungen Begleiterin Jacqueline Roque werde ich leider nicht machen können. Er hat sie in Vallauris kennengelernt und lebt seit sechs Jahren mit ihr zusammen, aber vor einigen Tagen ist sie operiert worden. Es geht ihr besser, Picasso ist beruhigt; sie ist wieder in La Californie, muß sich aber noch schonen.

Picasso: »Ich denke oft an Sie ... Haben Sie nicht vor kurzem Zeichnungen und Skulpturen ausgestellt? Ich habe davon gehört. Ich weiß über alles Bescheid ... Wann haben wir uns zum letztenmal gesehen?«

Ich: »Ich glaube, es war 1947. Vor dreizehn Jahren ...«

Picasso: »Das ist nicht möglich! Dreizehn Jahre ... Warum haben Sie mich nicht besucht?«

Wie oft hatte ich zu ihm gehen wollen ...

Ich: »Ich komme oft an die Côte d'Azur, ich habe ein Haus in Ozevillage, und in Gedanken bin ich oft bei Ihnen. Aber Sie anrufen, Sie ...«

Picasso: »Da haben Sie unrecht ... Ich will keine neuen Gesichter mehr sehen. Wozu auch? Aber für meine Freunde bin ich immer da ... Und ihre Besuche sind mir um so willkommener, als ich hier abgeschlossen, man könnte fast sagen: eingesperrt, lebe ... Meine Berühmtheit möchte ich niemandem wünschen, nicht einmal meinem schlimmsten Feind! Sie macht mich physisch krank ... Ich schütze mich, so gut ich kann, verbarrikadiere mich Tag und Nacht hinter verriegelten Türen ...«

Ich: »Das Tor war aber offen ...«

Picasso: »Ich habe Sie erwartet und darum angeordnet, daß um halb drei für Sie aufgemacht wird.«

Ich: »Wenn ich recht verstehe, sind wir in einer Festung, und für Freunde läßt man die Zugbrücke herunter ...«

Picasso: »Ja, so ungefähr ... leider!«

Ich: »Und in Vauvenargues? Ist es da auch nicht besser?«

Picasso: »Da ist es noch schlimmer ... Die Neugierigen kommen überallhin. Sie verfolgen mich mit Ferngläsern, belauern mich auf Schritt und Tritt ... Es ist unerträglich ... Vielleicht sehen sie in diesem Augenblick mit Fernrohren von den Lérins-Inseln herüber ... Wenn ich wirklich vor allen Blicken geschützt sein wollte, müßte ich jeden Vorhang im Haus fest zuziehen. Aber dann hätte ich nicht einmal mehr den Blick auf Park und Landschaft, den ich so nötig brauche ... Außerdem steht uns aber noch etwas bevor: bald wird hier nebenan im Garten ein riesiges Wohnhaus stehen, mit ich weiß nicht wieviel Stockwerken ... Das nimmt mir dann nicht nur den Blick auf die Inseln, sondern die Mieter werden uns von den Balkons aus in aller Ruhe beobachten können ... Wahrscheinlich muß ich dann hier weggehen ...«

Wir gehen durch das Atelier. Er zeigt auf einen riesigen Mahagonischrank mit vielen flachen Schubladen.

Picasso: »Dieser Schrank hat Matisse gehört, und weil ich ihn bei ihm so oft bewundert habe, bekam ich ihn nach seinem Tode von der Familie geschenkt. Er hatte ihn so hoch und mit so vielen Schubladen machen lassen, um seine Zeichnungen darin unterzubringen. Ist er nicht sehr schön in seinen Proportionen? Wenn ich ihn sehe, muß ich immer an Matisse denken, er paßte so gut zu ihm ...«

Ich: »Und das wunderschöne Totem von den Neuen Hebriden?«

Picasso: »Auch ein Geschenk von Matisse ...«

Die drei Hunde kommen zurück. Der Dackel hört auf den Namen Lump. Yan, der Boxer, ist blind, aber Picasso erzählt uns, daß er sich trotzdem überall zurechtfindet und kommt, wenn man ihn ruft ... Dann zeigt er auf den dritten, einen herrlichen Dalmatiner, und sagt: »Den können Sie auf mehreren meiner Bilder finden ...«

Auf einer Truhe steht eine silberne Platte mit einem halben Kuchen darauf, der angenagt ist wie ein steiler Felsen vom Meer.

Picasso: »Das ist ein italienisches Brot mit Rosinen, ein *panettone*. Wir haben vor ungefähr zwei Jahren ein Stück davon gegessen und dann nicht mehr daran gedacht ... Für meine Mäuse war das, wie Sie sehen, ein Festschmaus; sie haben ihn ausgehöhlt, ein ganzes Labyrinth hineingegraben ... Jetzt ist er steinhart, aber ich bewahre ihn auf. Er ist genauso schön wie die Felsen von Les Baux ... Finden Sie nicht auch?«

SIDONIE-GABRIELE COLETTE

(1873–1954)

Das Haus in St. Tropez

Ich habe es gefunden an einer Straße, die die Autofahrer fürchten, und hinter dem alltäglichsten Gitterzaun – aber der Zaun wird erdrückt von Oleander, der dem Vorübergehenden eifrig durch die Eisenstäbe hindurch seine Blumensträuße entgegenstreckt; sie sind bepudert mit provençalischem Staub, weiß wie Mehl und feiner als Blütenpollen …

Zwei Hektar Land, Weinstöcke, Orangenbäume, Feigenbäume mit grünen und Feigenbäume mit schwarzen Früchten; wenn ich noch erzähle, daß die Furchen des Weinbergs überquellen von Knoblauch, spanischem Pfeffer und Auberginen, habe ich dann nicht alles gesagt?

Auch ein Haus gibt es, aber das zählt weniger – es ist klein, mit niedrigen Decken – als etwa die Glyzinien-bewachsene Terrasse oder der rotflammende Trompetenbaum oder auch die alten, dickstämmigen Mimosenbäume, die vom Zaun bis zur Schwelle wie eine Ehrenwache aufgereiht stehen. Hinter dem Haus … Nein, wirklich, hinter dem Haus sehe ich nichts, was der Schilderung wert wäre.

Hinter dem Haus geht der Weinberg weiter, dann kommt eine Wand aus falschem Bambus, ein biegsamer, provençalischer Schutzwall, gegen den der Mistral anrennt; dann holt er Atem und singt aufs Neue sein zorniges Lied. Die Thujahecken hinter dem Haus neigen sich über ein morsches Gatter, und wenn man es öffnet – es würde unter einer Kinderhand zusammenfallen –, kann man, ohne eine Stufe hinauf- oder hinabsteigen zu müssen, geradenwegs ins Meer gehen.

Ach ja, ich habe vergessen, Ihnen zu sagen, daß das Meer dieses Stückchen leuchtendes Uferland begrenzt, verlängert, adelt und verzaubert, das Meer, das je nach der Tageszeit farbig schimmert oder verblaßt, so wie es das Sonnengestirn bestimmt, das sich im Morgengrauen aus dem kalten, blauen Osten hebt und abends im Schaum langgestreckter, leichter Wolken zornig verblutet. Das Meer liefert dem Weinberg den krümeligen, salzigen Boden, aus dem sich die Rebe geheimnisvoll nährt. Das Meer hat mich hierher gerufen. Nun steht es mir frei, hier zu leben, wenn ich will, hier zu sterben, wenn ich kann ... Doch soweit sind wir noch nicht. Ich bin eben erst angekommen, nehme alles erst in Besitz. *La treille muscate,* die Muskateller-Rebe, die mit ihrem Namen und ihren Ranken den Brunnen beschirmt, hat ihre Beeren, in deren prallem Rand sich blau das Licht spiegelt, noch nicht für mich schwellen lassen. »La Treille Muscate«, mein eben erworbener Besitz, gehört noch nicht ganz mir.

Ich muß mich ihm gewissenhaft und mit besonnener Zurückhaltung widmen. Eine »Treille Muscate« macht man nicht in einem Sommer heimisch, indem man einfach eine stuckverzierte Badewanne, eine Ladung safrangelben Strohlehm und irdenes Bauerngeschirr anfährt. Ich werde mich zuerst um das Dringendste kümmern, das heißt um den Garten, und dann – wenn ich das schreiben darf – um das Schlafzimmer im

Freien. Das Haus dagegen braucht unendlich viel Zeit. Dieses hier hat ein bißchen Vergangenheit, eine bescheidene Eigenart, die ich mir etwas bäuerlicher wünschte, Hausgötter mit dem Lächeln alter Feldarbeiter. Das ist schon recht gut. Wenn es am Ende einmal mir gleichen sollte, dann kann das nur nach und nach geschehen; ich werde mir hier mein Lager machen wie ein Hund im Stroh, der sich dreht und einwühlt, bis er gut liegt. Das größte Zimmer soll für Muße- und Plauderstunden und zum Lesen da sein, das kleinste zum Schreiben, und zwar nehme ich dafür das etwas düstere, nicht sehr bequeme, das dem Meereszauber abgewandt ist: eine Maßnahme strenger Vorsicht.

Der Garten, der Garten, schnell der Garten – aber es gibt gar keinen »Garten«, dem Zufall sei Dank! Nur hohe, gelbe Federwische, die den Himmel abstauben, die Mimosen, von denen duftend die Pollen regnen; wir wollen sie nur ausnahmsweise anrühren, zu ganz überlegten Plünderungen. Die Bougainvilleen stehen schon an ihrem Platz, den die Tradition bestimmt hat, an der warmen Mauer der Vorderfront.

Auch der Wetterschutz aus Strauchgeflecht, der sich in der Mitte durchbiegt, soll respektiert werden, und ebenso der alte Ölbaum.

Aber zwischen den Mimosen, auf beiden Seiten des Baumgangs, behindern zwei niedrige Mauern aus durchbrochenen Ziegeln die Reben und verengen den Weg. Zum Kuckuck mit den Ziegelmauern! Ihr Rebstöcke verdient leichte Eisenbögen, ihr seid es wert, daß ich euch da und dort nach Lust und Laune Stützen setze, Träger, von denen ihr hängen, Sonnendächer, wo ihr euch ausbreiten und wieder herabsinken könnt. Rebstöcke, ihr werdet euch zum Himmel recken, die Brise atmen, die die Erde manchmal nicht streift, die rauhe Rückseite eurer Blätter wird den heißen Brodem genießen, den der Sommer aus dem Humus saugt, und aus euren holzigen Schößlingen ziehe ich Bäume!

Schon lyrische Gefühle, schon poetische Schwärmerei? Die Ufer des Mittelmeers haben mehr als einen besonnenen Kopf berauscht. Über den Kiefernwald bei »La Treille Muscate« kommt ein Wind voll Harzdurft, und die Lippenblütler am Abhang destillieren Kampfer, Lavendel- und Melissengeist. Mein Garten wird dennoch vernünftig sein unter seinen zu Luftbewohnern gewandelten Rebstöcken. Die an Pfähle gebundenen Tomaten werden mit tausend Früchten glänzen, die sich von Juni an röten, und seht nur, wie viele Liebesäpfel, violette Auberginen, gelbe Pfefferfrüchte, in einem altmodischen, gerundeten Strauchbeet zusammengefaßt, mein Bürgergütchen schmücken ... Sei vernünftig, Garten, vernünftig! Vergiß nicht, daß du mich nähren sollst! Ich will dich schön geziert sehen, doch mit Küchenkräuter-Anmut. Ich will, daß du blühst, aber nicht mit den zarten Blumen, die ein von Grillen sirrender Sommertag ausdörrt. Ich will dich grün, aber nicht in dem unbarmherzigen Grün von Palmen und Kakteen, die das Schein-Afrika Monaco verunstalten! Neben der Orange soll die Baumerdbeere aufbrennen, und auf meinen Mauern sollen violette Feuerteppiche glühen: Bougainvilleen. Und zu ihren Füßen recken sich Minze, Estragon und Salbei, hoch genug, daß die herabhängende Hand, die gegen die zarten Blattzweige schlägt, ungeduldige Düfte freimacht. Estragon, Salbei, Minze, Pfefferkraut, Bibernell mit den rosa Blüten, die zu Mittag aufgehen und drei Stunden später wieder geschlossen sind: gewiß, ich liebe euch um eurer selbst willen; aber ich versäume auch nicht, euch für Salat, geschmorte Hammelkeule oder pikante Sauce zu beanspruchen. Ich beute euch aus. Alles, was an uneigennütziger botanischer Liebe in mir ist, behalte ich *ihr* vor, *ihr*, der Zierde aller begünstigten Himmelsstriche, *ihr*, der Rose.

Fragen Sie mich nicht, wohin ich die weiße Rose pflanzen will, die ein Windstoß entblättert, die gelbe, die nach feinen Zigarren duftet, die rosenfarbene, die nach Rosen riecht, die rote, die auch im Sterben nicht aufhört, Duft zu verströmen, und deren trockener, leichter Leichnam noch Süße aushaucht. Den roten Rosenstock werde ich nicht an einer Wand kreuzigen, nicht an den steinernen Rand der Zisterne fesseln. Er soll, wenn mein gutes Geschick es will, dicht bei dem Schlafzimmer im Freien wachsen, dem Zimmer, das drei statt vier Wände haben wird und nach Osten offen ist. Ich will nicht schwören, daß ein solches Zimmer eine Decke bekommt, es sei denn aus Rohrgeflecht. Letzten Sommer ließ ich sogar das. Wie viele Menschen, die die Natur lieben, lieben sie so sehr, daß sie die Nacht ganz nah bei ihr verbringen wollen, und das aus Liebe, allein aus Liebe?

Hier gibt es keine Stechmücken. Letzten Sommer holte ich jeden Abend Matratze und Bettzeug aus einem kleinen Försterhaus und schlief, den Mistral in den Haaren. Zwei treue Schleiereulen unterhielten sich vor Mitternacht in den Kiefern, und erst nach ihnen verstummte das heiße Zirpen der Grillen. Ihr schweißfeuchten, von warmen Mauern halb erstickten Schläfer, beneidet mich! Denn die Nächte dieses leuchtenden Landes sind kühl, und sie geben dem Körper dessen, der sich ihm unter seinen Sternen überläßt, wohlige Schwäche und Frische zugleich, wiegen ihn zwischen Traum und seliger Fühllosigkeit. Und welcher glückliche Traum käme der schlaflosen Stunde vor Tagesanbruch gleich, die das Meer nur mit mir teilte, das schläfrige, blasse Mittelmeer mit einem Hauch von überirdischem Weiß! Und der Himmel, der sich ans Wasser schmiegte und es küßte, schon von Farbe durchpulst und früher erwacht als seine Geliebte; das trübe Rot seines Siegels zerbrach langsam am Rand der Welt, langsam wurde es abgezogen, gerade als ich überwältigt wieder zurücksank in einen Traum, den mein Wachen farbglänzend hervortrieb, wie wenn der Wind in die Segel fällt, sie bläht und das Schiff hinausgeleitet …

Der Wind wird mächtiger; ich höre, wie die Tür, die aus der mit Ziegeln eingesäumten Umfriedung in den Weinberg führt, sich leise in den Angeln bewegt. Flugs wird er eine Ecke des Horizontes reinfegen und sich dann im grünlichen Norden, der von winterlicher Klarheit ist, festkrallen. Dann wird der ganze Golf zu rauschen beginnen wie eine Muschel. Adieu meine Nacht unter dem Sternenhimmel auf der Raphiamatratze! Wenn ich mir's trotzdem in den Kopf gesetzt hätte, im Freien zu schlafen, so hätte der mächtige Rachen mit seinem kalten und trockenen Blasen, das jeglichen Geruch auslöscht und die Erde betäubt, hätte dieser Feind der Arbeit, der Wollust und des Schlafes mir

Laken und Decken fortgerissen und sie zu langen Rollen zusammengedreht. Ein seltsamer Quäler, der den Menschen verfolgt, wie nur ein Raubtier es vermag. Nervöse Leute kennen ihn besser als ich. Meine provençalische Köchin, die er am Brunnen anfällt, stellt ihre Eimer nieder, hält sich den Kopf und schreit: »Er bringt mich um!« In den Nächten, da der Mistral weht, ächzt sie unter ihm in ihrer Weinberghütte – vielleicht sieht sie ihn ...

In mein Zimmer geflüchtet, warte ich mit leiser Ungeduld auf den Rückzug des Besuchers, für den kein Schloß schließt und der unter meiner Tür seltsame Zeichen der Huldigung hereinstreut: welke Blätter, fein ausgedroschene Körner, Sand, beschädigte Schmetterlingsflügel ...

JEAN-HENRI FABRE

(1823–1915)

Der Harmas

Doch darum geht es ja jetzt nicht. Ich will von dem Stücklein Land erzählen, das zu einem Versuchsgarten lebendiger Insektenforschung zu gestalten ich so oft geträumt habe, und das ich nun wirklich draußen bei einem abgelegenen Dorfe mir erwerben konnte. Es ist dies ein Harmas. So bezeichnet man hierzulande ein unbebautes, steiniges Stück Boden, den der Thymian überwuchert. Die magere Erde lohnt die Arbeit des Pfluges nicht. Wenn es im Frühjahr zufällig ein wenig geregnet hat und ein paar Pflanzen wachsen, weiden Schafe darauf. Mein Harmas, einem bißchen roter Erde wegen in seinem Gestein, ist einmal ein wenig bearbeitet worden; es soll Weinreben darauf gehabt haben, sagt man. Und in der Tat stieß man beim Aushub von Gruben zum Anpflanzen einiger Bäume hie und da auf die halbverkohlten Reste jener kostbaren Stümpfe. Der dreizinkige Karst, das einzige Gerät, das in einen solchen Grund eindringen kann, ist also über dieses Stück Land hinweggegangen, und das bedaure ich sehr, denn der ursprüngliche Pflanzenwuchs ist dadurch verschwunden. Kein Thymian, kein Lavendel, keine Büsche von Kermeseichen, jener Zwergeichen, die ganze Wälder bilden, und über die man mit großen Schritten hinwegschreiten kann. Wie nützlich könnten mir diese Pflanzen sein, die beiden erstgenannten besonders, die den Hautflüglern ihren Honig darbieten. Ich war deshalb genötigt, sie dort wieder einzusetzen, wo die Hacke sie ausgerodet hatte.

Ohne mein Dazutun aber, und im Überfluß sind jene Pflanzen gekommen, die jeden umgegrabenen Boden überwuchern, den man dann lange Zeit sich selbst überlassen hat. Zuvorderst steht natürlich die Quecke, diese abscheuliche Grasart, die ein erbitterter dreijähriger Krieg noch nicht völlig auszurotten vermochte. Dann folgen, der Zahl nach, die Centaureen, die Flockenblumen, die störrischen, von Stacheln umstarrt oder Hellebardensternen, die Sonnwend-Flockenblume, die Berg- oder distelartige Flockenblume, die Fußangel-Flockenblume, die rauhe Flockenblume; die zuerstgenannte herrscht vor. Da und dort erhebt sich über die unentwirrbare Wildnis der Centaureen wie ein Kandelaber die spanische Golddistel mit der Flamme ihrer orangefarbenen Blüten und ihren Stacheln, die so stark wie Nägel sind. Noch höher als sie steigt die illyrische Krebsdistel, deren zwei bis drei Meter hoher Schaft in einem dicken rosafarbenen Knauf endet. Ihre Bewaffnung steht jener der spanischen Golddistel nicht nach. Vergessen wir die Sippe der übrigen Disteln nicht: die wilde Kratzdistel, die so bewehrt ist, daß der arme Botaniker nicht weiß, wo er sie anfassen soll, die lanzettliche Kratzdistel, reich belaubt mit Blättern, deren Rippen in Lanzenspitzen enden, und die vielen anderen …

Meine lieben Tiere, jene die ich von früher her kenne, meine alten Freunde, und andere, jüngere Bekanntschaften, alle sind sie da, in nächster Nähe, jagend, Honig sammelnd und bauend. Und wenn es nötig werden sollte, die Beobachtungsorte zu wechseln, so erhebt sich, nur wenige hundert Schritte von meiner Behausung entfernt, der Berg mit seinem Dikkicht von Erdbeerbäumen, Zistrosensträuchern und Baumheide, mit den sandigen Hängen, wie sie die Wirbelwespe liebt, und den Mergelböschungen, wie sie viele andere Hautflügler für ihre Bauten benötigen. Und deshalb also, weil ich diese Reichtümer voraussah, habe ich die Stadt mit dem Dorfe vertauscht, bin ich nach Sérignan gezogen, um meine Rübenbeete zu jäten und meinen Salat zu begießen.

HELMUT DOMKE

Eindrücke im Harmas

Vor den Toren von Sérignan, an der Straße nach Orange liegt also der »Harmas«. Ich läutete am winzigen Pförtchen der hohen Mauer – vergeblich. Einen Tag in der Woche sind die Museen Frankreichs geschlossen und der Harmas gehörte als Nationalheiligtum unter diese Kategorie. Es war also ein Tag zu opfern, den wir unter hohen Platanen verträumten. Am nächsten Morgen schellte ich wieder. Ein alter Herr öffnete, bei dessen Anblick mich eine blitzartige Erleuchtung überfiel.

»Vous êtes le Petit-Paul«, rutschte es mir heraus.

»Mais bien sûr«, antwortete der Gute ein wenig verwundert. Ich grübele noch jetzt, was mich zu dieser zudringlichen Feststellung veranlaßte – ah, richtig, ich weiß, obwohl kaum ersichtliche Ähnlichkeit da war, der Hut tat es, der so beharrlich auf dem Kopfe Posto hielt. Wie ältere Franzosen gern, trug Petit-Paul, der Mitte der Siebzig zählen mochte, hohe Filzpantoffeln mit einer weichen, dicken Gummisohle. Mit dem Letzten des Hauses Fabre an der Spitze zogen wir also in jenen mit Kies bestreuten Platanenweg ein, in dem Jean-Henri als Neunzigjähriger, den Hut auf dem Kopf, das Gesicht mit den schon schwach gewordenen, gleichwohl großen und dunklen Augen aufmerksam erhoben, Raymond Poincaré empfangen hatte. Es war mir ein seltsamer Gedanke, daß der Vater jenes Mannes, der da vor mir ging, acht Jahre gewesen, als Goethe starb, also noch wirklich und körperlich in jene Epoche der großen Kriege, großen Menschen und großen Gedanken hinein gereicht hatte.

Was nun kam, war, dank Kurt Guggenheim, eigentlich alles wie eine vertraute Begegnung: das Arbeitszimmer des Mannes aus St-Léons, unverändert seit dem Augenblick, da er es zum letzten Male verlassen. Auf den Glasschränken mit den Sammlungen von Petrefakten und Naturalien, welche die Wände des saalartigen Raumes umzogen, reihten sich schwere Folianten die Menge, voll mit gesammelten Kräutern. Auf dem großen Experimentiertisch standen Gläser mit dem Skorpion, der in den nahen Sandhügeln nachts unter den Steinen hervorraschelt, mit einer Giftnatter, mit Mantis empusa. Es stand da schließlich die Drahtglocke, unter welcher Jean-Henri einst das Weibchen des Nachtpfauenauges ausgesetzt, woran eine der schönsten Darstellungen seiner Schriften anknüpft – der nächtliche Ansturm und Reigen zahlloser Freier, die das ganze Zimmer mit dem Flügelschlag ihres sehnsüchtigen Kreisens erfüllen. Kennt man sie, jene fast handgroße Saturnia, das große, graue Nachtpfauenauge mit je einem Augenflecken auf jedem Flügel? Nur nachts fliegt dieser Schmetterling aus, der zu nichts anderem als zur Liebe erschaffen ist, denn die Saturnia besitzen nicht einmal Organe zur Nahrungsaufnahme …

Da stand schließlich, ungeachtet der Jagdtasche an der Wand und vieler kleiner Dosen, in welchen die Ausbeute zahlloser Exkursionen, Beobachtungen und Experimente aufbewahrt wurde, ungeachtet auch der Schaukästen und -gläser mit Hymenopteren von

Chrysis ignata über Ophion bis zur Rhyssa persuasoria, von der Goldwespe zu diversen Schlupfwespen mithin – ungeachtet der tausend anderen Dinge stand da also Fabres Arbeitstischchen, an dem er zu schreiben pflegte, das kleine Heiligtum in diesem Dom seiner Arbeit, winzigen Ausmaßes und, wenn es noch stand wie ehedem, eben weit genug ans Fensterlicht gerückt, daß es hell genug war, das fleißige Auge hingegen nicht abgelenkt wurde. Dies in wenigen Zügen der Acker seiner täglichen Mühen.

Es fand sich noch viel in diesem Hause, das sich als weitläufiger denn erwartet erwies. Es gab einen Raum, ebenfalls im Seitenflügel, darin die schon fast berühmte Sammlung von Pilzaquarellen untergebracht ist, die Jean-Henri einst in meisterlicher Manier zu Papier gebracht. Als es ihm im hohen Alter noch einmal von Herzen schlecht ging, gedachte er sie zu Geld zu machen und schrieb dieserhalb an Mistral, den Poeten. Dieser wiederum antwortete gleich; er hätte die Blätter gern für sein Museon Arlaten gehabt. Der Brief ist da, ist in des Poeten hochtrabender Weise adressiert »A l'ilustre Jean-Henri Fabre, félibre di tavans, à Sérignan, Vau-cluso.« Unser Dichter konnte das verschwärmte Kokettieren mit der provençalischen Sprache nicht lassen und gedachte sie sogar im nüchternen postalischen Alltag des 20. Jahrhunderts anzubringen. Die Sache zerschlug sich. Da ist ein anderer Brief, von Charles Darwin, 1880 von Down Beckenham in Kent adressiert, der den kleinen Schullehrer ins Herz geschlossen hatte. Da ist schließlich das eigentliche Wohnhaus mit dem breiten Flur und der Salle à manger zur Rechten, deren Decke ganz verräuchert von der Petroleumlampe über dem Tisch ist. Die Bilder von Fabres Heimat und seinen Frauen hängen darin. Und da breitet sich schließlich der »Harmas«, der Garten selbst – längst nicht mehr von Kräutern beherrscht, sondern von hohen, alt und weise gewordenen Bäumen. Eine Eichenart gibt es darunter mit Riesenfrüchten, deren Näpfchen größer als Pfeifenköpfe sind. Ich las eine Handvoll vom Boden auf und steckte sie ein.

Verwunschene Wildnis der blühenden Kräuter, Paradies der Insekten, Spiegel des im Schatten träumenden Teiches mit den hurtigen Flotten der Wasserläufer, ihr taumelnden Falter, gaukelnden Schmetterlinge, blühenden Blumen, schwirrenden Libellen, Bienen, Wespen und Käfer – das Leben in diesem Garten war eine einzige Seligkeit. So wie es sich jener erträumt hatte, der jetzt im Felde draußen in der Friedhofsgruft liegt, die nur den Familiennamen trägt. Aber der besitzt Strahlungskraft genug, die Schleier der Vergessenheit vor diesem forschend durch die Lupe schauenden Greisengesicht zu durchdringen: Fabre. Nichts als das. Und: Quos periisse putamus praemissi sunt.

Es liegt ein ergreifender Zauber in dem Gedanken, man könnte dem Mann, dem der Spruch gewidmet ist, einmal hinter den Bergen der Zeit von Angesicht zu Angesicht begegnen.

ALPHONSE DAUDET

(1840–1897)

Die Sterne. Erzählung eines provençalischen Schäfers

Als ich auf den Bergen des Luberon das Vieh hütete, blieb ich wochenlang mit meinem Hund Labri und meiner Schafherde allein auf der Weide, ohne eine Menschenseele zu sehen. Hin und wieder kam der Einsiedler vom Mont-de-l'Ure vorbei, um Heilkräuter zu sammeln, oder aber ich erblickte das schwarze Gesicht eines piemontesischen Köhlers; doch das waren einfältige Leute, schweigsam vor lauter Einsamkeit. Sie hatten die Lust am Reden verloren und wußten nichts von dem, was man sich unten in den Dörfern und Städten erzählte. Ich war daher wirklich sehr glücklich, wenn ich alle vierzehn Tage auf dem bergan führenden Weg das Schellengeläut des Maulesels von unserem Hof hörte, der mir die Vorräte für zwei Wochen brachte, und wenn ich nach und nach über dem Hang den schlauen Kopf des Kleinknechts oder die fuchsrote Haube der alten Tante Norade auftauchen sah. Ich ließ mir die Neuigkeiten aus dem Dorf unten erzählen, die Taufen, die Hochzeiten; vor allem aber wollte ich wissen, was aus der Tochter meiner Herrschaft wurde, unserem Fräulein Stéphanette, dem hübschesten Mädchen im Umkreis von zehn Meilen.

Ohne den Anschein zu erwecken, allzuviel erfahren zu wollen, erkundigte ich mich, ob sie oft zu Festlichkeiten gehe, zu gemeinsamen Abenden, ob sich immer neue Verehrer bei ihr einfänden; und denen, die mich fragen, was mich, den armen Bergschäfer, all das angehen mochte, werde ich antworten, daß für mich mit meinen zwanzig Jahren diese Stéphanette das Schönste war, was ich in meinem Leben gesehen hatte.

Als ich nun eines Sonntags auf die Vierzehntagesverpflegung wartete, geschah es, daß sie erst sehr spät eintraf. Vormittags sagte ich mir: »Das liegt am Hochamt«; gegen Mittag kam dann ein starkes Gewitter auf, und ich dachte, das Maultier habe wegen des schlechten Zustands der Wege nicht gehen können. Schließlich, gegen drei Uhr, nachdem der Himmel reingewaschen war und der Berg von Wasser und Sonne glänzte, hörte ich zwischen dem abtropfenden Laub und dem Rauschen der angeschwollenen Bäche die Schellen des Maultieres, fröhlich und lebhaft wie mächtiges Glockengeläut an einem Ostertag.

Aber geführt wurde der Maulesel weder vom Kleinknecht noch von der alten Norade. Ratet mal von wem! ... Von unserem Fräulein. Unser Fräulein selbst, ihr Lieben, saß kerzengerade zwischen den Weidenkörben, ganz rosig von der Bergluft und der Abkühlung nach dem Gewitter.

Der Junge war krank, Tante Norade bei ihren Kindern in Ferien. Das alles erfuhr ich von der schönen Stéphanette, während sie vom Maultier stieg, auch, daß sie so spät kam, weil sie sich unterwegs verirrt hatte; wenn man sie aber so im Sonntagsstaat sah, mit dem geblümten Band, dem glänzenden Rock und den Spitzen, schien sie sich eher bei irgendeinem Tanz verspätet, als durch das Gebüsch ihren Weg gesucht zu haben. Oh, das allerliebste Geschöpf! Meine Augen konnten sich an ihr nicht sattsehen. Es stimmt, daß ich sie noch nie aus solcher Nähe erblickt hatte. Im Winter, wenn die Herden in die Ebene heruntergekommen waren und ich abends auf den Hof zum Essen kam, ging sie manchmal beschwingt durch die Gesindestube, kaum je mit den Dienstboten redend, stets herausgeputzt und ein wenig hochmütig ... Und jetzt hatte ich sie vor mir, allein für mich; mußte man da nicht den Kopf verlieren?

Als sie die Vorräte aus dem Korb geholt hatte, begann Stéphanette, neugierig um sich zu blicken. Sie hob ein wenig ihren schönen Sonntagsrock an, der schmutzig hätte werden können, ging in den Pferch, wollte die Ecke sehen, wo ich schlief, das Strohlager mit dem Schaffell, meinen weiten Umhang, der an der Wand hing, meinen Krummstab, meine Steinschloßflinte. Das alles machte ihr Spaß.

»Hier lebst du also, mein armer Schäfer? Wie mußt du dich langweilen, wenn du immer allein bist! Was treibst du? Woran denkst du? ...«

Ich hatte Lust zu antworten: »An Euch, meine Herrin,« und damit hätte ich nicht gelogen; aber meine Verwirrung war so groß, daß mir kein einziges Wort einfiel. Ich glaube fest, daß sie es bemerkt hatte und daß die Boshafte sich ein Vergnügen daraus machte, meine Verlegenheit mit ihren Neckereien zu verdoppeln.

»Und deine Liebste, Schäfer, kommt sie denn manchmal zu dir herauf ? ... Das muß doch ganz gewiß die goldene Geiß sein oder jene Fee Estérelle, die nur über die Bergspitzen läuft ...«

Und wie sie mit mir plauderte, kam sie selbst mir wie die Fee Estérelle vor, mit dem anmutigen Lachen, bei dem sie den Kopf zurückwarf, und mit ihrer Eile, wieder fortzukommen, die ihren Besuch unwirklich werden ließ.

»Gott befohlen, Schäfer!«

»Grüß Gott, Herrin.«

Und weg war sie mit ihren leeren Körben.

Als sie auf dem abschüssigen Pfad verschwand, schienen die Kiesel, die unter den Hufen des Maultieres wegrollten, mir nacheinander aufs Herz zu fallen. Ich hörte sie unendlich lange; und bis der Tag sich neigte, blieb ich wie schlaftrunken und wagte mich nicht zu rühren, aus Angst, meinen Traum zu verscheuchen. Gegen Abend, als der Grund der Täler zu blauen begann und die Tiere sich blökend aneinanderdrängten, um in den Pferch zurückzukehren, hörte ich vom Abhang her nach mir rufen, und ich sah unser Fräulein auftauchen, nicht mehr lachend wie kurz zuvor, sondern schlotternd vor Kälte, Angst und Nässe.

Anscheinend hatte sie am Fuß des Berges die Sorgue vom Gewitterregen angeschwollen vorgefunden und wäre, als sie diese unbedingt überqueren wollte, beinahe ertrunken. Das Schreckliche war, daß zu so später Stunde an eine Rückkehr auf den Hof nicht zu denken war; denn auf dem Querweg hätte sich unser Fräulein alleine nie zurechtzufinden vermocht, und ich konnte ja die Herde nicht verlassen. Dieser Gedanke, die Nacht auf dem Berg verbringen zu müssen, quälte sie sehr, vor allem, weil ihre Angehörigen sich sorgten. Ich aber beruhigte sie, so gut ich konnte:

»Im Juli sind die Nächte kurz, meine Herrin … Das ist nicht mehr als ein unguter Augenblick.«

Und ich machte schnell ein großes Feuer, damit sie ihre Füße und ihr vom Wasser der Sorgue völlig durchnäßtes Kleid trocknen konnte. Dann brachte ich ihr Milch und Schafskäse; doch die arme Kleine dachte nicht daran, sich zu wärmen und zu essen, und als ich die dicken Tränen sah, die ihr in die Augen stiegen, hatte ich den Wunsch, mitzuweinen.

Unterdessen war es vollends Nacht geworden. Nur auf den Bergkämmen blieb eine Spur von Sonne und nach Westen zu ein matter Lichtschimmer. Ich wollte, daß unser Fräulein hereinkam, um im Pferch auszuruhen. Nachdem ich auf das frische Stroh ein schönes, ganz neues Fell gebreitet hatte, wünschte ich ihr eine gute Nacht und ging hinaus, um mich vor die Türe zu setzen ...

Gott ist mein Zeuge, daß trotz der Liebesglut, die mich versengte, kein schlechter Gedanke in mir aufkam; nichts als ein großer Stolz, daß die Tochter meiner Herrschaft unter meiner Obhut – wie ein Lämmlein, doch kostbarer und weißer als alle anderen – in einem Winkel des Pferchs ausruhte, ganz nahe bei der neugierigen Herde, von der die Schlafende beäugt wurde. Nie waren mir der Himmel so finster und die Sterne so strahlend erschienen ... Plötzlich ging das Gatter des Pferchs auf, und die schöne Stéphanette trat heraus. Sie konnte nicht schlafen. Wenn die Tiere sich bewegten, raschelte das Stroh, wenn sie träumten, blökten sie. Sie wollte lieber ans Feuer kommen. Als ich das merkte, warf ich ihr mein Schaffell über die Schultern, fachte das Feuer wieder an, und wortlos blieben wir nebeneinander sitzen. Wenn ihr jemals eine Nacht im Freien verbracht habt, wißt ihr, daß, während wir schlafen, eine geheimnisvolle Welt in der Einsamkeit und Stille zum Leben erwacht. Dann singen die Quellen viel lauter, die Teiche zünden Flämmchen an. Alle Berggeister kommen und gehen ungehindert, und in der Luft ist ein Knistern und Rascheln, unfaßbare Geräusche, als hörte man die Zweige wachsen und das Gras sprießen. Am Tag sind die Geschöpfe lebendig: aber in der Nacht leben die Dinge.

Ist man daran nicht gewöhnt, wird einem bange ... Auch unser Fräulein erschauderte und schmiegte sich beim geringsten Laut an mich. Einmal drang vom weiter unten schimmernden Teich ein langer, schwermütiger Schrei in Wellen zu uns herauf.

Im gleichen Augenblick glitt eine Sternschnuppe in derselben Richtung über unsere Köpfe hinweg, als trüge die Klage, die wir soeben gehört hatten, ein Licht mit sich.

»Was ist denn das, was ist das denn?« fragte mich Stéphanette leise.

»Eine Seele, die ins Paradies eingeht, meine Herrin«, und ich machte das Kreuzzeichen.

Sie bekreuzigte sich ebenfalls und schaute einen Augenblick lang zum Himmel auf, sehr nachdenklich. Dann sagte sie zu mir:

»Stimmt es also, Schäfer, daß Ihr Zauberer seid?«

»Keineswegs, liebes Fräulein. Aber hier leben wir näher an den Sternen und verstehen besser, was dort geschieht, als Leute aus der Ebene.«

Sie schaute noch immer empor, den Kopf in die Hand gestützt, in das Schaffell gehüllt, wie ein kleiner himmlischer Hirte:

»Welch eine Unmenge! Wie ist das schön! Nie habe ich so viele gesehen … Weißt du, wie sie heißen, Schäfer?«

»Gewiß, Herrin … Schaut, genau über uns ist die *Straße des heiligen Jakobus* (die Milchstraße). Sie führt von Frankreich geradewegs nach Spanien. Ihr Verlauf geht auf den heiligen Jakobus von Galizien zurück, als er Karl dem Großen, dem tapferen Kaiser, im Krieg gegen die Sarazenen den Weg weisen wollte.

Weiter hinten habt Ihr den *Seelenwagen* (den Großen Bären) mit seinen vier leuchtenden Achsenkappen. Die drei vorderen Sterne sind die *Drei Tiere* und jener ganz kleine beim dritten ist der *Fuhrmann.* Seht Ihr ringsherum diesen Regen von fallenden Sternen? Das sind die Seelen, die der liebe Gott nicht bei sich haben will … Ein wenig tiefer am Himmel ist der *Rechen* oder die *Drei Könige* (Orion). Dieses Sternbild dient uns Hirten als Uhr. Ich brauche bloß hinaufzuschauen und weiß jetzt, daß Mitternacht vorüber ist. Wieder etwas weiter, noch immer in südlicher Richtung, erglänzt *Johannes von Mailand,* die Fackel unter den Gestirnen (Sirius). Und von diesem Stern erzählen sich die Schäfer folgendes: Eines Nachts, so scheint es, *war Johannes von Mailand,* zusammen mit den *Drei Königen* und der *Gluckhenne* (Siebengestirn), zur Hochzeit eines befreundeten Sternes eingeladen. Die *Glucke,* die es eiliger hatte, soll als erste abgereist sein und den oberen Weg eingeschlagen haben. Schaut sie Euch an, dort oben, ganz hinten am Himmel! Die *Drei Könige* kürzten auf dem unteren Weg ab und holten sie ein; aber jener Faulpelz *Johannes von Mailand,* der zu lange geschlafen hatte, blieb ganz weit zurück und, um sie anzuhalten, warf er wütend seinen Stab nach ihnen. Darum heißen die *Drei Könige* auch der *Stab des Johannes von Mailand* … Aber der schönste aller Sterne, meine Herrin, ist der unsere, nämlich der *Hirtenstern,* der uns bei Tagesanbruch leuchtet, wenn wir die Herde hinauslassen, und auch am Abend, wenn wir sie heimtreiben. Wir nennen ihn auch *Magelone,* die schöne Magelone, die hinter *Peter von der Provence* (Saturn) her ist und sich mit ihm alle sieben Jahre vermählt.«

»Nanu! Schäfer, gibt es denn Sternenhochzeiten?«

»Aber ja, meine Herrin.«

Und wie ich ihr zu erklären versuchte, was es mit diesen Hochzeiten auf sich hat, fühlte ich etwas Frisches und Zartes leicht auf meine Schultern sinken. Es war ihr von Schläfrigkeit schwer gewordener Kopf, der sich mit einem hübschen Rascheln von Bändern, Spitzen und welligem Haar an mich lehnte.

So blieb sie regungslos sitzen, bis die Gestirne am Himmel verblaßten, ausgelöscht vom heraufsteigenden Tag. Und ich sah ihr beim Schlafen zu, in der Tiefe meines Seins zwar ein wenig aufgewühlt, doch gottselig beschützt von dieser klaren Nacht, die mir immer nur schöne Gedanken eingegeben hat. Rings um uns setzten die Sterne ihren stillen Lauf fort, folgsam wie eine große Herde; und zeitweise stellte ich mir vor, einer dieser Sterne, der vornehmste und strahlendste, sei von seiner Bahn abgekommen und habe sich auf meiner Schulter niedergelassen, um zu schlafen …

JEAN GIONO

(1895–1970)

Joffroi vom Maussan-Hof

Ich sehe Fonse auf mich zu kommen; er ist so durcheinander, daß er keinen Kautabak im Mund hat und sogar vergessen hat, seine Hose hochzuziehen. Der Wollgürtel hängt ihm unter dem Bauch. Und Schritte macht er!

»Wenn du noch weit gehen willst so ...«, rufe ich ihm zu, während er vorbeigeht.

Er hat mich nicht bemerkt, weil ich im alten Stroh auf der Tenne liege. Er wendet den Kopf und sieht mich an. Er klettert den Abhang herauf, legt sich neben mich und schnauft, um wieder zu Atem zu kommen. Ich kenne ja seine Krankheit ... Ich? Überall erzählt er davon: im Café, auf dem Feld, abends vor dem Feuer, bei jeder Gelegenheit, seit der Herr aus Digne mit ihm darüber gesprochen hat. Ich sage zu ihm:

»Das ist nicht gut für dein Herz, weißt du.«

»Ach, das Herz«, sagt er, »wenn es nur das wäre! Mir ist da eben was passiert ... «

Da muß tatsächlich etwas los sein ... Er, der sonst die Ereignisse eine gute Stunde lang gelassen betrachtet, bevor er sich entschließt, liegt ganz hilflos da und zwinkert mit den Augen, wie überwältigt von seiner eigenen Schnelligkeit.

»Du weißt, daß ich den großen Baumgarten vom Maussan-Hof gekauft habe? Diesen Winter ist Joffroi zu mir ins Haus gekommen. Ich habe ihn in die Küche gebeten und ihm gesagt: ›Wärm dich auf.‹ Er hat ein Gläschen getrunken, dann hat er sich einen Ruck gegeben und gesagt: ›Fonse, ich werde alt. Meine Frau ist krank, ich auch, wir haben keine Kinder, das ist ein großes Unglück. Ich bin zum Notar nach Riez gegangen, und wir sind uns fast einig. Er hat mir die Bedingungen gezeigt. Ich bin zum Steuereinnehmer gegangen ... wie gesagt, wir sind uns fast einig. Wenn ich soundso viel auf Staatsrente einbezahle, kriege ich auf Lebenszeit soundso viel.‹ Ich habe ihm gesagt, das sei eine gute Idee. Naja, schließlich habe ich den großen Baumgarten von Maussan gekauft. Nicht das Haus. Er hat zu mir gesagt: ›Das Haus laß mir, ich bin daran gewöhnt, woanders würde ich Heimweh bekommen, aber du kannst den ganzen Grund haben, bis zu den Mauern, wenn du willst.‹ Letzten Endes habe ich ihm ein schönes Stück gelassen, damit er sich in die Sonne setzen kann, und ein paar Bäume, um ihm Freude zu machen. Du siehst, ich war anständig, und das Geld habe ich ihm bar gezahlt. Er hat es angelegt, er hat seine Rente. Wir sind also zufrieden.

Gut.

Hast du den Baumgarten von Maussan mal gesehen? Lauter Pfirsichbäume, und zwar alte, die schon seit zehn Jahren ausgerissen gehören. Joffroi kam es nicht so darauf an, für ihn genügte auch weniger, aber ich kenne mich mit Pfirsichen nicht aus, und außerdem ist der Boden bei uns nicht gut dafür. Also, sag was du willst, ich will jedenfalls Weizen darauf anbauen, die Bäume fällen und Weizen anbauen. Das ist Ansichtssache und geht niemanden was an: ich habe bezahlt, die Sache gehört mir, und ich mache, was ich will.

Heute morgen habe ich mir gesagt: das Wetter weiß nicht, was es will. Du hast nichts zu tun, du machst dich ans Bäumefällen. Und vorhin bin ich nach Maussan gegangen ... (Typisch Fonse, dieser Satz. Heute morgen hat er den Gedanken gehabt, aber erst um drei Uhr nachmittags ist er nach Maussan gegangen.)

» ... Ich hatte ein Seil an den stärksten Ast gebunden und habe gezogen und gezogen, bis er fiel. Das krachte. Nun wollte ich den Stubben rausreißen. Da hörte ich, wie ein Fenster aufging, und dann kam Joffroi.

›Was machst du da?‹ hat er mich gefragt. Sein Gesicht hat anders ausgesehen als sonst.

›Das siehst du doch‹, antworte ich.

›Willst du das mit allen machen?‹

›Mit allen.‹

Mir war nicht klar, wo er hinauswollte. Er geht ins Haus zurück, und ich sehe, wie er mit seiner Flinte ankommt. Nicht über der Schulter, nein, fest in der Hand, die rechte Hand am Abzug, die linke unter den Flintenläufen. Er trug das Ding richtig im Anschlag und ging wie ein Verrückter. Sein Gesicht sah noch seltsamer aus als vorher.

Ich hatte das Seil schon am zweiten Baum angebunden, und als ich Joffroi mit der Flinte sah, sage ich lachend zu ihm:

›Willst du Karnickel jagen?‹

›Ich will einen Schweinehund jagen‹, gibt er zurück. Und kommt auf mich zu.

Mir sackten die Arme weg.

›Läßt du meine Bäume in Ruhe?‹ sagte er zu mir.

›Joffroi ...‹

›Läßt du sie in Ruhe? ...‹

Er hält mir die Läufe hier unters Hemd, und, weißt du, er war schon kein Mensch mehr. Ich sage zu ihm, ohne böse zu werden (sein Finger lag bereit):

›Joffroi, sei nicht kindisch.‹

Er sagte nur immer wieder: ›Läßt du meine Bäume, läßt du sie? ...‹

Was soll man da lange reden? Ich habe das Seil losgelassen und bin hierher gekommen. So ist das. Sag bloß, das ist keine Geschichte! Und was soll ich nun machen?«

Wir haben uns alle darum gekümmert, wir haben es alle versucht; ich bin selbst zu Joffroi gegangen. Er ist wie ein Hund, der ein Stück Fleisch zwischen den Zähnen hat und es nicht hergeben will. »Das sind meine Bäume; ich habe das alles gepflanzt; ich kann das nicht mit ansehen, hier vor meinen Augen. Wenn er wiederkommt, schieße ich ihm in den Bauch, und dann jage ich mir eine Kugel in den Kopf.«

»Aber er hat doch gekauft.«

»Wenn ich gewußt hätte, daß es dafür war, hätte ich nicht verkauft.«

»Das kommt, weil Sie das Haus behalten haben, Joffroi«, sage ich zu ihm, »nun sind Sie da und sehen alles. Es tut Ihnen in der Seele weh, das ist klar, das verstehe ich, aber versetzen Sie sich in die Lage von Fonse. Er hat gekauft, er hat bezahlt, die Sache gehört ihm. Er hat das Recht zu tun, was er will.«

»Aber meine Bäume, meine Bäume. Ich habe sie 1905 auf dem Markt in Riez gekauft, in dem Jahr, als Barbe zu mir sagte: ›Joffroi, wir kriegen vielleicht ein

Kleines‹, und als sie dann durch den großen Brand bei Revaudières eine Fehlgeburt hatte. Ich habe diese Bäume von Riez auf dem Rücken hierher getragen. Ich habe alles selbst gemacht: die Löcher gegraben, den Mist gefahren. Nachts bin ich aufgestanden, um feuchtes Stroh zu verbrennen, falls es Frost geben sollte. Mehr als zehnmal habe ich Nikotin gespritzt, jeder Kanister hundert Franken. Da, sehen Sie sich diese Blätter an, ob die nicht gesund sind. Wo finden Sie noch so kräftige alte Bäume? Sie tragen natürlich nicht mehr viel, aber man muß auch ein bißchen vernünftig sein. Alte Bäume sind keine jungen, das weiß jeder. Man kann doch nicht alles umlegen, nur weil es alt ist. Dann muß man mich also auch totschlagen, weil ich alt bin? Nein, nein, er soll auch ein wenig Vernunft aufbringen.«

Es ist schwer, ihm klar zu machen, daß das nicht dasselbe ist, er und seine Bäume.

Deshalb haben wir uns an Fonse gehalten. Nach dem Abendessen sind wir zu ihm gegangen, alle zusammen. Die anderen hatten zu mir gesagt: »Sie können gut reden, reden Sie mit ihm; so kann das nicht weitergehen.«

Ich habe zu ihm gesagt:

»Hör zu, Fonse: Joffroi ist stur. Da ist nichts zu machen, du weißt, er hat Ansichten wie ein Landsknecht. Du bist der einzig Vernünftige in dieser Sache. Zeige es! Weißt du, was ich dir rate? Wir bringen alles in Ordnung: du gibst ihm das Grundstück zurück, er gibt dir dein Geld und natürlich, wie du gesagt hast, die Notargebühren. Du sollst ja nicht draufzahlen. Und damit Schluß! Er ist alt, vielleicht hat er nur noch zwei Jahre zu leben. Da können wir ihn nicht in seinem Kummer sitzen lassen.

Bringen wir es so in Ordnung!«

Und Fonse, der beste Mensch von der Welt, sagte sofort:

»Machen wir es so.«

Aber es sollte anders kommen.

Joffroi hat schon alles bei der Staatlichen Depositenkasse eingezahlt. Er hat das Geld nicht mehr. Er hat nur noch seine Rente.

Da ist er auf dem Dorfplatz. Man hat Fonse kommen lassen. Wir stehen alle um sie herum. Es ist keine Flinte dabei, es kann nichts passieren. Wir sind da, um zu sprechen.

»Also, wenn du kein Geld hast«, erklärt Fonse, »was soll ich dir dann sagen? Ich kann dir doch nicht dein Grundstück für nichts zurückgeben. Ich habe bezahlt, jawohl.«

Joffroi ist ganz kaputt. Was Fonse gesagt hat, das stimmt. An dieser Mauer kann man sich den Kopf einrennen. Dagegen ist nichts zu sagen.

Aber Fonse selbst hat etwas zu sagen, denn er ist, wie gesagt, der beste Mensch von der Welt. Ohne Falsch wie ein gesundes Schwein und bereit, sein Blut zu geben, damit die anderen etwas davon haben.

»Hör zu, Joffroi, ich werde es dir trotzdem recht machen. Du hast deine Rente. Soundso viel brauchst du zum Leben. Und weil du mir das Geld nicht zurückgeben kannst, verpachte ich dir dein Grundstück. Das macht soundso viel. Es bleibt dir noch was zum Leben, und mit deinen Bäumen kannst du machen, was du willst.«

Das erschien uns wie das Urteil des Salomo. Wir sahen uns mit frohen Augen an. Das hätten wir. Es ist gut sein auf diesem Platz. Selbst das Kriegerdenkmal finde ich gar nicht mehr so häßlich. Man hört die Elstern schreien.

MARIE MAURON

Schafabtrieb im Herbst

Der helle Tagesschein löste den des Mondes ab. Die Morgenröte und dann die ganze Herrlichkeit der aufgehenden Sonne begleiteten sie, als sie die von Tropfen glitzernde Straße entlang zogen. Das Gelände war angenehm, beinahe eben. Es senkte sich von La Roche-Saint-Secret nach Valréas hinab. Der Weg führte sie durch schwerbeladene Rebberge, vorbei an Eichen, unter denen man Trüffeln finden konnte, an Maulbeerbäumen und silbernen Olivenhainen, und an Zypressen, die wie Spinnrocken aussahen.

Der Verkehr wurde wieder lebhafter. Dafür aber reichte man den Wanderhirten Weintrauben, man warf sie ihnen von den Karren aus zu, man überschüttete die Kinderkönigin damit, man lachte dabei, sogar wenn man die Geduld etwas verlor, weil sie die Herde so langsam voranbrachten. Denn alle sahen, wie matt die arme Herde war und welche Müdigkeit aus den eingefallenen Gesichtern der Hirten sprach.

Überall gab es Früchte, Blumen, Trauben, immer und immer mehr. Selbst die Esel fraßen aus den vollen

Gefäßen am Rande der schönen Weinberge, und Nanon stieg vom Karren, um die Eselin mit süßen Beeren zu füttern, bis sie beinahe trunken war.

»Ist das eine Freude«, sagte sie, »Sonnenfreude!« …

Aber schon lag Valréas hinter ihnen, mit seinem reizvollen Flüßchen, wo sie zu Mittag gegessen hatten, und gegen Abend erhob sich blau am blauen Himmel der Ventoux. Als die Tiere fraßen, stiegen ganze Duftschwaden auf. Es roch nach wilder Minze, Pfefferkraut und Dosten. Erfüllt von freudigen Klängen strömte das Geläute den von der Abendsonne übergoldeten Wollstrom entlang. Unaufhörlich floß alles friedlich zwischen dem weißen Licht, welches Nègre an der Spitze schwenkte, und Catherinens roter Laterne neben dem Schlußlicht des Karrens dahin. Es waren von Menschenhand bewegte Sterne, die den andern winkten – jenen der chaldäischen Hirtennächte. Auf dieses Zeichen hin erhob sich der Große Bär, erstand aus dem Nichts und neigte seinen Wagen zu jenem mit dem runden Zeltdach.

Ob Zinnen den Hintergrund bildeten oder Zypressen, Sternenhimmel oder Morgenrot, ein jedes Dorf, jede Stadt, die sie in der von der Laterne erhellten Dunkelheit oder im Glanz des winzerfrohen Mittags erreichten, alle Flecken und Orte der Drôme und der Vaucluse bedeuteten für sie trotz der Beschwerden, welche die Reise mit sich brachte, einen freudig begrüßten Meilenstein.

Aber als Baumes-de-Transit hinter ihnen lag, verließen sie die Straße. Der Weg, den sie einschlugen, war zu schmal für Lastwagen. Es war die »Draille«, der alte Hirtenpfad. Er stammte wohl noch aus Urzeiten und war immer derselbe geblieben: zur Zeit der Römer, zur Zeit der Königin Jeanne, aller Könige, aller Regierungen. Er hatte friedlich die Revolution überstanden, war immer wieder von den Bauern und von den Handelsleuten angefochten worden und wurde dennoch stets wieder von den Hirten aus der Crau benützt. Der Sommer hatte sich hier verweilt. Der Weg wand sich im Zickzack empor unter einem herrlichen Blätterdach, welches noch kaum golden angehaucht war und worin sich Akazien, Kornelkirschen und Liguster mischten. Gewinde von Sarsaparillen hingen bis zum Bach nieder. Die Ziegen stürzten sich sogleich darauf und tranken dann am Wasser, indem sie auf eine komische Weise, wie eine Borte, am Rande nebeneinander niederknieten.

MARCEL PAGNOL

(1895–1974)

Herbstgewitter in den Bergen

Ich kroch unter dem wilden Weißdorn vor und sah, daß der Himmel sich verfinstert hatte.

»Was sollen wir tun? Wollen wir zur Baume-Sourne-Quelle zurückgehen?«

»Das ist nicht nötig. Ich weiß einen Platz auf der anderen Seite des Taoumé, wo man nicht naß wird und alles beobachten kann. Komm!«

Er fing an zu laufen.

In diesem Augenblick zitterte die Landschaft dumpf unter einem anhaltenden Donner, der schon viel näher klang. Lili drehte sich nach mir um:

»Hab keine Angst! Wir haben noch viel Zeit!«

Aber er beschleunigte seinen Lauf.

Wir kletterten durch zwei Kamine, während der Himmel sich mehr und mehr verdüsterte. Als wir den Grat des Berges erreicht hatten, sah ich eine violette Wand heranziehen, die ein feuriger Blitz plötzlich, aber lautlos zerriß.

Wir stiegen durch einen dritten, fast senkrechten Kamin und gelangten auf die vorletzte Terrasse, an die sich nur wenige Meter höher das oberste Plateau anschloß, das der flache Berggipfel nur um wenige Meter überragte.

Fünfzig Schritte weiter öffnete sich im Felsen ein dreieckiger Spalt von etwa einem Meter Durchmesser.

Wir schlüpften hinein. Diese Art Grotte, die sich anfangs verbreiterte, wurde immer schmaler, je mehr sie sich im Dunkel der Felsennacht verlor.

Lili suchte einige flache Steine und schichtete sie zu einer Bank auf; von hier konnte man die Landschaft übersehen. Dann legte er die Hände an den Mund wie ein Megaphon und schrie den Wolken zu: »Jetzt kann es losgehen!«

Aber es ging nicht los.

Zu unseren Füßen unter der Hochebene mit den drei Terrassen erstreckte sich das Jardiniertal. Sein Kiefernwald reichte bis an die zwei hohen Felswände der Schlucht von Passe-Temps, die ihrerseits von zwei einsamen Hochebenen begrenzt war.

Rechts, fast auf gleicher Höhe mit uns, war die Wiese am Abhang des Taoumé, wo wir unsere Fallen aufgestellt hatten.

Links vom Jardiniertal säumten die von Kiefern und niedrigen Eichen umrahmten Felsen den Horizont.

Diese Landschaft, die ich immer nur vibrierend unter der Sonne in der flimmernden Luft heißer Tage gesehen hatte, war jetzt erstarrt wie eine riesige Krippe.

Violette Wolken jagten über unsere Köpfe, und die bläuliche Beleuchtung wurde von Minute zu Minute schwächer wie bei einer ausgehenden Lampe. Ich hatte keine Angst, aber ich empfand eine merkwürdige Unruhe, ein tiefes, tierhaftes Bangen.

Der Duft, der von den Hügeln kam – vor allem der des Lavendels – wurde zu schwerem Geruch, der beinahe sichtbar aus dem Boden aufstieg.

Einige Hasen liefen so gehetzt vorbei, als ob die Hunde hinter ihnen her wären; aus dem Tal flogen Rebhühner lautlos mit weitgeöffneten Flügeln auf und ließen sich dreißig Schritt zu unserer Linken unter den überhängenden, grauen Felsen nieder.

Da fingen im feierlichen Schweigen der Hügel die unbeweglichen Kiefern an zu singen.

Es war ein entferntes Murmeln, zu schwach, um ein Echo zu wecken, aber schaurig, anhaltend und geheimnisvoll.

Wir rührten uns nicht, wir sprachen nicht. Auf der Seite von Baume-Sourne drang der Schrei eines Sperbers vom Felsen herüber, ein spitzer, abgehackter Schrei, der in einen langgezogenen Lockruf überging. Auf den grauen Felsen vor mir fielen die ersten Tropfen.

In weitem Abstand voneinander klatschten sie als violette Flecken, groß wie Zweisousstücke, auf. Dann fielen sie dichter und schneller, und bald glänzte der Felsen wie ein nasses Straßenpflaster. Ein rascher Blitz, dem ein harter, schmetternder Donnerschlag folgte, sprengte plötzlich die Wolkenmassen, die sich mit ohrenbetäubendem Geprassel auf die Hänge entluden.

Lili lachte auf: Ich sah, daß er blaß war, und fühlte, daß auch ich es war, aber wir atmeten schon wieder freier.

Der senkrecht fallende Regen verbarg jetzt die Landschaft, von der, getrennt durch einen weißen Perlenvorhang, nur ein Halbkreis übrigblieb. Von Zeit zu Zeit erhellte ein Blitz, so geschwind, daß er unbeweglich schien, die schwarze Wolkendecke, und dunkle Baumschatten durchdrangen die gläserne Regenwand. Es war kalt.

JEAN-HENRI FABRE

(1823–1915)

Le chant du grillon / **Der Gesang der Grille**

Sur le seuil de son domicile
Auf der Schwelle vor dem Häuschen,
Dans une touffe de gazon
in einem Büschel Gras

Cri-cri, cri-cri! fait le Grillon
macht die Grille zirp-zirp, zirp-zirp.
Simple de goûts, d'humeur facile,
Anspruchslos, gut gelaunt,
Le ventre au frais et le dos au soleil,
Bauch im Kühlen, Rücken in der Sonne,
Du mois d'avril il chante le réveil.
singt sie im April ihr Morgenlied.

Refrain

De sa cachette,
Aus ihrem Versteck
Parmi le gazon;
in der Wiese
De sa cachette,
aus ihrem Versteck,
Où l'herbe projette
wo das Gras
Ombre discrète,
ein wenig Schatten spendet,
Cri-cri, cri-cri! fait le Grillon.
macht die Grille zirp-zirp, zirp-zirp.

Lui, le modeste et le rustique
Sie, die Bescheidene, Erde-Nahe,
Lui, solitaire en son terrier,
in ihren Bau Verkrochene,
S'est avisé d'être luthier
sie hat im Sinn, als Geigenbauerin
Et de se faire une musique
eine Musik zu machen, die

Qui joint sa note au grand concert des champs
dem Feldkonzert den Grundton gibt
Quand sonne en plein l'hosanna du printemps.
wenn Frühlings Hosanna erschallt.

Il possède une mandoline
Ihr Besitz ist eine Fiedel
Avec archet harmonieux.
mit Wohlklang schaffendem Bogen.
Son appareil ingénieux
Ihr fabelhaftes Zubehör
Lui vibre au-dessus de l'échine,
schwingt über ihrem Rücken;
Car de son aile, on ne sait trop comment,
aus ihrem Flügelchen – man weiß nicht, wie –
Il s'est construit un sonore instrument.
hat sie ein lautes Instrument gemacht.

Pour honorer la grande fête,
Zu Ehren des großen Festes,
La célébrer aux alentours,
das ringsum gefeiert wird,
Il a mis ses plus beaux atours:
hat sie sich fein herausgeputzt:
Fins plumets sur sa grosse tête,
mit zarten Borsten auf dem dicken Kopf,
Justaucorps noir mieux lustré que satin,
mit engem schwarzen Wams, blank wie Satin,
Et sur la cuisse un galon de carmin.
mit roten Tressen auf den Schenkeln.

Autour de lui mille fleurettes
Um sie herum die tausend Blümlein
A profusion, dans tout le sens,
in Hülle und Fülle überall
Brûlent le camphre pour encens
verbrennen heiliges herbes Öl
Tout au fond de leurs cassolettes.
am Grunde ihrer Räucherpfanne.
Ces humbles sont, en leur simplicité,
Die niedrigen Geschöpfe sind ganz schlicht
Les encensoirs de la solennité.
die Weihrauchfässer dieser Feier.

Les meilleurs ce sont les modestes.
Die Besten sind doch die Bescheidenen.
Que faut-il pour glorifier
Was braucht man, um den Frühling
Le printemps, pour sanctifier
zu rühmen und um zu lobpreisen
L'éveil et les fêtes agrestes
das Auferstehen, das bäuerliche Fest
Das champs, des bois, des prés et des sillons?
der Felder, Wälder, Wiesen, Ackerfurchen:
Petites fleures et concert de grillons
Nur kleine Blumen und Grillen-Konzert.

Refrain

De sa cachette,
Aus ihrem Versteck
Parmi le gazon;
in der Wiese,

De sa cachette
aus ihrem Versteck,
Où l'herbe projette
wo das Gras
Ombre disctrète,
ein wenig Schatten spendet,
Cri-cri, cri-cri, fait le grillon.
macht die Grille zirp-zirp, zirp-zirp.

MARCEL PAGNOL

(1895–1974)

Leben mit den Jahreszeiten

Der Herbst war friedlich und angenehm. Man pflückte die Kürbisse und lagerte sie nebeneinander auf Regalen, die man wegen der vielen Ratten auf dem Speicher und in der Küche aufgestellt hatte. Der Landwirt zersägte jeden Morgen drei von ihnen für die Suppe und die Pastete und wusch die schwarzen Kerne ab, ehe er sie in einer großen Glasschale, die im Schrank stand, aufhob. Und dann zog die Familie in die Hügel, um »Grünzeug zu machen«. Der Vater trug eine große Rolle Juteleinwand auf seinen Schultern, und in den Satteltaschen der Eselin befanden sich mehrere Säcke, eine Sense, Sicheln und die Brotzeit. Die Ziegen bildeten die Vorhut, durch Zurufe und Steine, die die kleine Manon ihnen nachwarf, zurückgeholt oder angefeuert. Mit ihrem Lachen suchte sie die Echos der Felswände oder lockte sie mit ihrem Harmonikaspiel hervor. Die Eselin folgte, blieb bei Disteln stehen und setzte sich mit blumengeschmücktem Maul, durch den leichten Stock ihres Herrn vorwärts getrieben, lässig wieder in Bewegung.

In den ersten Tagen hatten sie nicht weit zu gehen, aber nach und nach mußte man bis in die fernen Täler der Hochebene wandern, wo verspätete wilde Gräser noch schüchtern grünten. Dort fanden sie Baptistine, die ihre kleine Herde hütete und Heilkräuter pflückte. Sie half ihnen, ihre Säcke zu füllen. Gegen halb neun Uhr saßen sie im Kreis am Fuß eines Felsens und frühstückten mit bestem Appetit, dann stiegen sie durch die ausgedehnten Hänge hinunter. Die mit Gras vollgestopften und wie ein Helmdach auf der Eselin zusammengebundenen Säcke schwankten bei jedem Schritt, und Jean Cadoret, von dem man nur seine Beine sah, marschierte unter einem richtigen Heuschober, aus dem ein Lied ertönte.

Im Dezember folgte die Olivenernte. Die alten Bäume, von ihren Schößlingen und toten Ästen befreit, und obwohl von den weidenden Ziegen ein bißchen zufällig beschnitten, zeigten sich für die lang entbehrte Pflege dankbar und gaben fünfunddreißig Liter Öl; denn der ehrenwerte Müller von Bramafan, gerührt von Jeans Liebenswürdigkeit und seinem Buckel, betrog ihn nur um zehn Prozent.

Der Gemüsegarten gedieh weiterhin. Die wohlgenährten Kaninchen, denen weder Luft noch Sonne fehlte, vermehrten sich. Nicht gerade im Rhythmus Australiens, aber der erste Wurf hatte vierzehn gebracht, der zweite achtzehn und der dritte dreißig Stück.

Von da an organisierte der Züchter jede Woche eine vergnügliche Hetzjagd im Park. Während die immer hungrigen Nagetiere um den großen, aus den Hügeln mitgebrachten Grashaufen versammelt waren, verstopfte er die Eingänge zu den Unterschlupfen und trieb diejenigen Objekte, die das Alter des Hasenragouts erreicht hatten, in einer Ecke der Umzäunung zusammen. Eine Woche lang isolierte man sie in Käfigen, wo sie mit ausgesuchtem Kräuterfutter und einer reichhaltigen Mischung aus Kürbissen und Klee gefüttert wurden.

Jeden Samstag bei Tagesanbruch begab der Züchter sich nach Aubagne. Die Eselin trug auf jeder Seite zwei flache Kistchen aus Holzstäben, die fünf bis sechs Kaninchen von einladendem Aussehen enthielten und manchmal auch noch einen Spankorb voll Gemüse. Er ging hinterher, die Zügel in der Hand, in seinem grauen Rock, den gestreiften Hosen und seinen Knopfstiefeln. Er war sehr zufrieden mit sich selbst und trug ein Brettchen unter dem Arm, auf das er in schönen, blauen Buchstaben »Rosmarin-Zucht« gemalt hatte. Seine Melone war schnell bekannt auf dem Markt, und die Passanten lachten manchmal aus vollem Hals, wenn sie ihn zwischen seinen Kisten stehen sahen unter seiner Plakataufschrift, die er am Stamm einer Platane befestigt hatte. Seine Nachbarin, eine dicke Hökerin, die feststellte, daß er unfähig war, seinen handelnden Kunden zu widerstehen, bot ihm an, seine »Produkte« zu verkaufen, was er dankbaren Herzens annahm. Er besuchte unterdessen die Siebenuhr-Messe, dann kaufte er ein Witzblatt für Manon und las es selbst, an die

Platane gelehnt, bis der Markt zu Ende war. Um fünfzehn, manchmal sogar um zwanzig Francs reicher kehrte er in seine Hügel zurück, mit den leeren Kästen unter dem Arm auf seiner Eselin reitend, und die Knopfstiefel hingen lustig unter seinen gestreiften Hosen.

So erlebte die Familie einen kleinen Wohlstand, und die Frauen hatten keinerlei Sorgen. Aimée, immer sorgfältig frisiert und gut gekleidet, erledigte ihre Hausarbeit wie eine Dame, die zufällig ihr Dienstmädchen vertritt; die frische Luft hatte sie verschönt, und sie sang schon, wenn sie aufwachte. Die kleine Manon, die bald zehn Jahre alt wurde, schien strahlend und wie vergoldet. Sie hatte meerblaue Augen – viel zu groß für ihr Gesicht – und eine so dichte blonde Mähne, daß ihre Mutter nur mit Mühe die Eichenblätter, Piniennadeln oder Wurzelranken ohne Schere entfernen konnte.

Der Hügelwind, die Freundschaft der Bäume und die Stille der Einsamkeit hatten aus ihr ein kleines Raubtier gemacht, leicht und lebhaft wie ein Fuchs. Ihre große Liebe war Baptistine, die sie wie eine Märchenfigur bewunderte, und die Piemontesin betete die Kleine an. Jeden Morgen hüteten sie zusammen auf den Ebenen der Berghänge ihre Ziegen. Baptistine lehrte sie, für die Tiere zu sorgen und sie zu pflegen; dazu die Kunst, Fallen zu stellen, und die tausend Geheimnisse der Hügel. Zuerst in einem unverständlichen Französisch, das aber durch Gesten und Grimassen erläutert wurde; im Verlauf einiger Wochen war das kleine Mädchen imstande, den rauhen piemontesischen Dialekt zu verstehen und zu sprechen. Im

Galopp und unter großem Siegesgeschrei ritt sie auf der Eselin hinunter nach Rosmarin zurück, die Satteltaschen voll wilder Früchte: Wiesenchampignons, dicke Mandelbaumzapfen, schwammige Morcheln, mit Thymian genährte Schnecken und oft auch nach Myrte duftende Amseln oder mit Wacholderbeeren vollgepfropfte Drosseln.

Zu Anfang schämte sie sich ein bißchen, wenn sie die toten Vögel auf den Tisch warf, und weigerte sich, davon zu essen. Eines Abends, als ihr Vater eine Reihe Gartenammern, mit rötlichem Speck garniert, vom Spieß nahm, erklärte er ernst: »Man ist immer gerührt über das Unglück der kleinen Vögel, weil sie durch die Luft fliegen und singen. Aber du mußt dir sagen, daß sie selbst Raubtiere sind, die winzige Lebewesen massakrieren, um sie aufzufressen ... Was die alten Jungfern betrifft, die über die unschuldige Drossel oder den reizenden Buchfinken heiße Tränen vergießen, so ist mir aufgefallen, daß sie beim Anblick eines Lammkoteletts noch nie geweint haben; selbst wenn sie es auf dem Feuer sehen, ist es immer nur das Kotelett, das weint.«

Und er begann, die von brutzelndem Fett vergoldete Ammer zu verzehren. Da nahm sie sich auch eine, und ihre zärtlichen Bedenken schwanden.

Pique-nique à la provençale

Wir befinden uns bei der »Fontaine de la Grave«, einer kärglichen Quelle, deren Wasser in einige lange Buchenholztröge geleitet wird, an denen die Berghirten ihr Vieh tränken. Die Temperatur dieses Wassers beträgt sieben Grad, eine köstliche Erfrischung für uns, die wir aus der hundstäglichen Hitze der Ebene emporgestiegen sind. Auf einem bezaubernden Teppich von Alpenpflanzen, unter denen die Silberdisteln (Paronychia) glänzen, deren breite und dünne Deckblätter Schuppen gleichen, wird das Tischtuch ausgebreitet. Die Lebensmittel werden aus den Satteltaschen, die Flaschen aus ihrem Heulager hervorgeholt. Hierher kommen die großen Fleischstücke, die mit Knoblauch gespickten Hammelkeulen und die Stapel von Brot, dorthin die faden Hühnchen, gerade recht, ein bißchen die Kauwerkzeuge zu beschäftigen, wenn der erste Hunger gestillt ist. Nicht weit davon erhalten die Käse des Ventoux mit der Alpensaturei, die kleinen, mit dem Eselspfeffer gewürzten, ihren Ehrenplatz. Dicht daneben liegen die Würste aus Arles, in deren rosigem Fleisch Speckwürfel und ganze Pfefferkörner zu sehen sind. Hier, in diesen Winkel, kommen die noch von Salzwasser glänzenden grünen Oliven und die schwarzen, ölgetränkten, dorthin die Melonen aus Cavaillon, die mit dem weißen und die mit dem orangefarbenen Fleisch, denn es wird für jeden Geschmack gesorgt. Hierher kommen die Töpfe mit den Sardellen, auf die man, weil das unsere Beine stärkt, einen tüchtigen Schluck trinken muß; und endlich hier hinein, in das kalte Wasser der Tröge, kommen die Weinflaschen. Haben wir nichts vergessen? Doch, die wichtigste Nachspeise, die Zwiebel, die man roh, mit Salz bestreut, verzehrt. Unsere zwei Pariser, denn es gibt deren welche unter uns, meine Kollegen aus der Botanik nämlich, sind zwar zuerst ein wenig verdutzt über dieses mehr als üppige Menü, aber dann sind sie die ersten, die es loben. Alles ist nun bereit. Zu Tisch!

Nun beginnt eine jener homerischen Mahlzeiten, die in einem Leben Epoche machen. Die ersten Bissen werden mit einer Art Tobsucht verschlungen. Die Scheiben der Hammelkeule und die Brotstücke folgen einander in beängstigender Schnelligkeit. Jeder, ohne dem andern seine Besorgnis mitgeteilt zu haben, wirft einen besorgten Blick auf die Vorräte und fragt sich: Werden wir genug haben, wenn es so weitergeht, wird es noch reichen für heute abend und morgen? Immerhin, der erste Heißhunger ist besänftigt; hat man zuerst schweigend die Mahlzeit verschlungen, so fängt man jetzt an, zu essen und dabei zu plaudern. Auch die Besorgnis für den morgigen Tag wird besänftigt; man läßt dem Anordner des Küchenzettels Gerechtigkeit widerfahren, er hat den Heißhunger vorausgesehen und alles getan, um ihm gebührend zu begegnen. Nun fängt man auch an, die Güte der Speisen zu würdigen. Der eine lobt die Oliven, von denen er eine um die andere mit der Spitze seines Messers aufpickt, ein anderer preist den Topf mit den Sardellen, während er auf seiner Brotscheibe den kleinen ockergelben Fisch zerlegt, ein dritter spricht begeistert von den

Würsten, und alle endlich rühmen die kleinen, kaum handtellergroßen Käse, die mit dem Pebré d'asé gewürzt sind. Bald werden die Pfeifen und die Zigarren angezündet, und alle legen sich auf die Matten, den Bauch in der Sonne.

MARQUISE VON SÉVIGNÉ

(1626–1696)

Tafelfreuden

An Herrn de Coulange

Grignan, am 9. September 1694

Ich habe mehrere Briefe von Ihnen erhalten, mein lieber Vetter; es ist kein einziger verloren gegangen: das wäre sehr schade; sie haben jeder seinen besonderen Verdienst und gereichen unserer ganzen Gesellschaft zur Freude. Was Sie als Adresse auf den letzten geschrieben haben, in dem Sie allen, die Sie nennen, adieu sagen, hat Sie mit niemandem entzweit: »An das Königliche Schloß von Grignan«. Diese Adresse macht Eindruck; zum mindesten bereitet sie das Vergnügen, zu glauben, dieses Schloß, das nicht alltäglich ist, habe innerhalb der Reihe all' der Schönheiten, die Ihre Vorstellung erfüllen, immer noch seinen Platz, und das ist einer seiner schönsten Titel: ich muß Ihnen ein wenig von ihm erzählen, weil Sie es lieben. Diese häßliche Treppe, auf der man, zur Schande der Adhémars, zum zweiten Stock hinaufstieg, ist vollständig abgetragen worden und hat der angenehmsten Platz gemacht, die man sich vorstellen kann; ich sage keineswegs großartig, noch prächtig; weil meine Tochter nicht alle Zimmer niederreißen wollte, mußte man sich auf einen bestimmten Raum beschränken, und in dem hat man ein Meisterwerk geschaffen. Die Vorhalle ist schön, und man kann dort sehr angenehm speisen. Man steigt über eine große Freitreppe zu ihr hinauf; das Wappen von Grignan ist über der Tür angebracht: Sie lieben es, darum berichte ich's Ihnen. Die Wohnräume der Prälaten, von denen Sie nur den Salon kennen, sind sehr angemessen möbliert, und der Gebrauch, den wir von ihnen machen, ist sehr angenehm. Jedoch, da wir gerade dabei sind, sprechen wir ein wenig von dem grausamen Essen, das man hier immerzu bereitet, besonders zur Zeit; zwar sind es nur die gleichen Sachen, die man überall ißt: Rebhühner, das ist üblich; aber es ist nicht üblich, daß sie alle so geartet sind, daß man sie in Paris an die Nase führte und, mit einem bestimmten Gesichtsausdruck, riefe: »Ah, welch ein Duft! Riecht doch nur!« Wir unterdrücken all diese Ausrufe des Erstaunens; diese Rebhühner sind alle mit Thymian und mit Majoran ernährt und mit all dem, was unseren Riechsäckchen den Duft verleiht; es bleibt nichts an ihnen auszusetzen; das gleiche sage ich von unseren fetten Wachtein, deren Keule sich bei der ersten Aufforderung vom Körper lösen muß (sie unterläßt es niemals), und von den Täubchen, die alle gleichermaßen vollkommen sind. Was die Melonen, die Feigen, die Muskatellertrauben anbetrifft, so ist es seltsam: wenn wir aus irgendeiner verrückten Laune heraus eine schlechte Melone finden wollten, so wären wir gezwungen, sie aus Paris kommen zu lassen, hier sind sie nicht aufzutreiben. Die weißen und zuckersüßen Feigen, die Muskatellertrauben wie Bernsteinkugeln, die man knacken kann und die Ihnen schön zu Kopf steigen würden, wenn Sie maßlos davon äßen; denn es ist, als tränke man in kleinen Schlucken vom erlesensten Wein von Saint-Laurent. Mein lieber Vetter, welch ein Leben! Sie kennen es unter minderen Sonnengraden: es erinnert nicht entfernt an das von La Trappe.

Sie sehen, wie sehr ich mich in Einzelheiten begeben habe; es ist der Zufall, der uns die Feder führt: ich gebe sie Ihnen als Ausgleich für die zurück, die Sie mir mitgeteilt haben und die ich so liebe; diese Freiheit ist recht bequem, man muß das Thema seiner Briefe nicht in der Ferne suchen.

GILLES PUDLOWSKI

Sonnendurchtränkte Tafelfreuden

Die Straße windet sich landeinwärts, schiebt sich zwischen die Plateaus, wechselt entlang den trockenen Ufern der Durance die Seiten, läßt den Luberon links liegen und gelangt in ein völlig neues Land. Es ist noch nicht das Hochgebirge, aber ein Vorgeschmack davon, mit Bergen, die bis zu fünfhundert Meter Höhe ansteigen. In Forcalquier beherrscht ein Belvedere den höchstgelegenen Teil der Stadt und zeigt die Richtungen nach Wien, St. Petersburg und Konstantinopel an. Und er deutet an, daß dies eine Region mit Weitsicht ist und schon immer war. Das Adlernest Lurs, das jetzt sorgfältig renoviert wird, hat einen Kreuzweg, der den ganzen Horizont miteinbezieht: auf der einen Seite den Bergzug Lure noch mit Schneeresten auf den höchsten Gipfeln, auf der anderen die Hochfläche von Valensole, von wo aus der Blick auf die lavendelfarbenen Felder weit unten fällt.

Erreicht man hoch oben die Priorei von Ganagobie mit ihrem Panoramablick, liegt die ganze Haute-Provence vor einem ausgebreitet, wie ein Eldorado. Hier umsorgen die Menschen ihre Ernten, forsten auf, jäten das Unkraut und halten die Rebe in Ehren; sie produzieren Lavendelhonig und Mandelnougat, züchten die besten Lämmer der Welt (bekannt als *Sisteron*), pflegen die Tradition des Banon-Käses aus Ziegenmilch, ernten Wildpilze und Trüffel und pressen das Öl aus den prachtvollen schwarzen Oliven. Die Produkte des Bodens sind ihre eigenen Wurzeln.

Weiter nach Süden und Westen zu liegen die Alpilles: ein Bergmassiv, das der Geographie spottet, sich mit einem Gipfel plötzlich verabschiedet und auf die Wüste von La Crau stößt. In dem hübschen Dorf Les Baux bläst der Wind so heftig, daß man meint, er müßte außer Atem kommen. Weingärten drängen sich eng zwischen den zwei Dörfern Saint-Etienne-du-Grès und Eygalières. Oliven beherrschen das Bild. Schafe erfreuen sich der Freiheit und grasen friedlich auf den Weiden, ebenso wie die Ziegen, die den blauen Himmel zu genießen scheinen.

Alles singt das Loblied auf die Landschaft der Provence mit ihrem stahlblauen Himmel, den alten Häusern aus gelblichem Naturstein und der heiligen Dreieinigkeit von Lamm, Ziege und Ölbau. Die Alpilles und die Haut-Provence: zwei Gesichter des gleichen Landes, wo die Küche stets einen Hauch von Knoblauch und einen Duft von Sonnenschein zu haben scheint. Ganz sicher ist dies der Grund, warum gerade sie die vielbeneidete Subtilität der französischen Kochkunst am besten symbolisiert.

In jedem Dorf zwischen Aix und Apt, Manosque und Carpentras, von Sorgue bis Saint-Didier, von den Höhen bis zu den Niederungen der Provence sind die Märkte duftende Gärten. Die Stände verströmen Kräuterdüfte – von Thymian, Lavendel und Rosmarin, Estragon und Minze, Kerbel, Bohnenkraut und Salbei. Sie quellen über von wildem Spargel, blauen Artischocken, *roquette* mit seinem haselnußähnlichen Geschmack, *cebettes,* den hiesigen Zwiebeln; von *mesclun, trévise,* Chicorée und Endiviensalat. Ganz zu schweigen von den Kürbissen, die zu *petits farcis provençaux* (gefüllte Gemüse) werden, und den schmackhaften Zucchiniblüten, die in einer Teighülle gebacken werden.

PETER MAYLE

Olivenernte

Schließlich wurde ich der Obhut von Monsieur Pinatel anvertraut, der am Eingang eines alten, aus Stein gefügten Stallgebäudes auf mich wartete. Nach dem ledernen Händeschütteln stiegen wir in seinen Kombi und fuhren einen schmalen Feldweg entlang, vorbei an einer seltsam dekorierten Apfelplantage. Schier endlose Reihen von Apfelbäumen, laublos und kahl, jeder mit dem nächsten durch ein feinmaschiges, tief durchhängendes Netz verbunden. Aus der Ferne sah das aus, als habe jemand den ganzen Apfelgarten als Geschenk einpacken wollen, dann aber, als es um die letzte Ausschmückung ging, die Lust verloren.

»Das soll die Apfelbäume schützen, falls ein Hagelsturm aufkommt«, sagte Pinatel. »Die Versicherungen verlangen das, ohne Netze versichern sie die Ernte nicht.« Er knurrte vor sich hin und schüttelte den Kopf. »Versicherungen! Gott sei Dank bleibt uns das mit den Oliven erspart.«

Ich verstand, was er meinte, als wir die Obstplantage hinter uns ließen und in einen Ozean aus Olivenbäumen eintauchten. Zu Tausenden ragten sie am Hügel auf, und weil sie auf nacktem, steinigem Boden standen, erinnerten sie an begrünte Skulpturen aus der Anfangszeit primitiver Kunst. Die meisten standen seit zweihundert Jahren dort, die Veteranen brachten es auf das doppelte Alter. Die Frucht belief sich auf viele hunderttausend Oliven, und jede einzelne mußte von Hand gepflückt werden.

Wir hielten am Ende einer langen Olivenbaumallee, in der die Pflücker am Werk waren – Männer und Frauen aus den umliegenden Dörfern, die taten, was schon ihre Ururgroßväter getan hatten. In jenen Tagen, als selbst weite Wege auf dem Muli oder zu Fuß zurückgelegt wurden, war die Olivenernte für Bewohner weit abgelegener Dörfer praktisch die einzige Gelegenheit, sich mit Menschen aus anderen

Dörfern zu treffen. Vor allem war es eine der seltenen Chancen für junge Männer, junge Frauen kennenzulernen, und so wurden manch zarte Bande unter den Olivenbäumen geknüpft. Ein Sack voll Oliven spielte als Lockmittel wohl dieselbe Rolle wie heute ein Strauß roter Rosen. Die Liebe blühte, Ehen wurden geschlossen, und der erste Sohn erhielt oft den Namen Olivier.

Die Bräuche mögen sich gewandelt haben, die Pflücker haben heute Werkzeuge, aber die Technik der Lese ist im Grunde dieselbe wie vor zweitausend Jahren. Rings um die Bäume wird auf dem Boden die *bâche* ausgebreitet, eine riesige Plastikplane, in der die Oliven aufgefangen werden. Diese werden von den Ästen mit einem Werkzeug gepflückt, das aussieht, als sei es dazu da, große, zottige Tiere zu striegeln – ein Kamm mit kurzem Griff, etwa dreißig Zentimeter breit, mit einer Reihe stumpfer Zähne. Wenn die unteren Äste leer gekämmt sind, steigt der Pflücker auf einer unten breit ausladenden, oben spitz zulaufenden Dreiecksleiter zu den höher gelegenen Ästen hinauf. Hat er sich bis zur halben Höhe eines Baumes hinaufgearbeitet, dann bietet sich dem Vorüberkommenden ein bizarres Bild: von seinem Rumpf ist nichts mehr zu sehen, nur noch zwei meist von blauer Baumwolle verhüllte Beine ragen unten heraus. Über das Rauschen des Windes hinweg konnte ich das leise *Plop* hören, mit dem die Oliven in die Plane fielen – und gelegentlich einen Fluch, wenn ein Ast zurückgeschnellt war und die vor Kälte starre Wange getroffen hatte. Es war eine mühselige, bitterkalte Arbeit.

THYDE MONNIER

(1887–1967)

Fischmarkt in Toulon

Die Place à l'Huile brodelt in ihrem Fischgestank. Gekröse von Tintenfischen, Haut von abgezogenen Seeteufeln, haufenweise Sardinenköpfe stauen sich stinkend im dicken Schaum der Abwässer vor dem Gitter des Rinnsteins. Auf den Markttischen haben die frischen Fische blutende Kiemen wie von roter Farbe. Die Augen der Seekröten quellen hervor in ein starr aufgerissenes stacheliges Fischmaul; Meeräschen öffnen ihr rundes Maul, gefoltert vom Angelhaken, der ihre Eingeweide herausgerissen hat; Aale ringeln sich geschmeidig in ihrem zähen Todeskampf, noch lebendige, auf dem Grund der Körbe wimmelnde Taschenkrebse erzeugen ein Geräusch wie zischendes Frittierfett. Manchmal gelingt es einem von ihnen zu entkommen, und man sieht ihn in seiner ungelenken, waagerechten Gangart eine Vertiefung im Bürgersteig ansteuern, wo er Schutz sucht. Das Kobaltblau und Sienarotbraun der Meerjunker, der Perlmuttschimmer der Sardinen, das Schwarzviolett der Muscheln, der Emailglanz der Seeigel lassen die immer wieder im Meerwasser gereinigten Holztische aufleuchten, hinter denen die Fischhändler thronen und ihre riesigen Messer zum Schneiden des Thunfischs wie Zepter schwingen.

Das Marktgeschrei unterstreicht die Farben: »Was sind wir hier für schöne Fische!« ertönt ein Singsang voller Leidenschaft, während eine fleischige, zu üppig diamanten-geschmückte Hand die Waren betastet.

»Schauen Sie bei mir vorbei, meine Liebe«, murmelt unauffällig, aber verführerisch jemand vom Nachbarstand. »Meine Ware ist heute morgen ausgezeichnet.«

»Fischchen zum Frittieren!« kreischt eine dritte Stimme, auf die eine andere überschrill antwortet:

»Fische, Fische!«

Ein Fischer kommt herbei und schüttet eine zähe, schlammige schwarze Masse auf den Boden. Die Kunden stehen im Kreis darum herum, eine Fremde fragt:

»Was ist das?«

»Ein Seeteufel«, antwortet der Fischer.

»Ist der aber dick!« sagt die Frau.

»Kann man den essen?« fragt die Fremde.

»Na klar! In Mehl gewälzt, mit Zwiebeln in Öl gebraten, ist das ein Festessen«, sagt eine Fischhändlerin.

»Oder im Fischsud gegart und kalt mit Mayonnaise serviert, hältst du ihn für eine Languste«, meint der Fischer.

Die Fremde schaut wohlgefällig diesen großen, schlanken, gut gewachsenen Jungen an, der das gestreifte ärmellose Hemd ungezwungen trägt, dabei den braunen Nacken sehen lässt und die enganliegende Hose in die Gummistiefel gesteckt hat.

»Oh, der Seeteufel lebt ja noch!« sagt sie.

Mit der Fußspitze dreht der Fischer den Mittelmeerfisch auf den helleren, glatten Bauch, dann auf den dunklen, mit Schuppen bedeckten Rücken. Alle schauen zu, wie das Tier krampfartig schnauft und dabei mit gequältem Atem sein riesiges weißes, mit fürchterlichen Zähnen versehenes Maul öffnet und schließt und wie seine gewölbten Augenlider hin und wieder einen glasigen Blick freigeben.

»So ein Ungeheuer!« sagt eine Fischhändlerin. »Es würde uns noch das Meer und sämtliche Fische auffressen. Beim Ausnehmen findet man alles darin: Krabben, Sardinen, Grünlinge, genug für eine Suppe!«

»Ja, das sind Raubfische, die sich gegenseitig auffressen », erklärt der Fischer.

»Genau wie wir«, pflichtet die Fischhändlerin bei.

GÉRARD GUÉGAN

Markt in Marseille

Die Miesepeter, die sich gern aufs Kulturelle verlegen, tun so, als hätten sie den Mund voller Olivenkerne, wenn sie schon mal, widerwillig genug, die drei Silben aussprechen müssen, die den Namen meiner Heimatstadt ausmachen: Marseille. Nichts als Verachtung und Abscheu haben sie für den Mutterleib übrig, aus dem ich stamme. In ihren Augen ist Marseille häßlich. Dreckig. Abstoßend und, um auch das gleich zu sagen, seelenlos.

Und doch braucht man nur morgens zwischen zehn und elf im Herzen der Stadt, einen Katzensprung von der Canebière, die Rue Longue des Capucins hinaufzugehen, um sich vom Gegenteil zu überzeugen.

Schönheit, Atem des Lebens – also Kultur –, alles ist da, ist greifbar nah in einem zwar geschickt arrangierten, aber in Wahrheit bis zum Exzeß getriebenen Durcheinander. Von Stand zu Stand – denn ich rede von einem Markt, ich rede von Kaufen und Verkaufen – gibt ein Marktschrei dem anderen Widerhall, und Farbe folgt auf Farbe. Hier geht Ihnen das Auge über, geblendet, wie in eine Falle getappt, und Sie vergessen rasch, sehr rasch diese tobende, schmutzige, eilig dahinhastende und gierige Masse von Menschen, die Sie schiebt und stößt und die über Sie hinwegfluten würde, wenn Sie nicht achtgeben.

Aber Sie scheren sich nicht darum, Sie geben nicht acht, Sie sind ganz woanders: im schönsten Museum der Welt, in einem Museum, das sich regt und atmet – im Gegensatz zu jenen offiziellen Friedhöfen für bepinselte Leinwand und eingemachtes Papier. Tomaten, Paprikaschoten, Auberginen, Zucchini, Basilikum, Pfefferkraut und frischer Knoblauch haben's Ihnen angetan und haben Ihnen alles Rationale, alles sorgsam Ausgewogene ausgetrieben. Sie sind zum Floß der Medusa geworden, fortgeschwemmt von einer Sintflut von Gerüchen, die in ihrer Mischung undefinierbar sind, während Sie, wieder bei Vernunft, sie leicht erkennen: Zimt und Minze, Jasmin und Rosmarin, Paprika und Salbei.

Die fetten Marktweiber in ihrer odaliskenhaften Schönheit haken sich mit einem Blick an Ihnen fest und bieten Ihnen mit kreischender Stimme alles Mögliche an: Bulgur und Puffböhnchen, Kichererbsen, Bohnenkerne, die dicken aus Korsika, und nordafrikanischen Kuskusgrieß, dessen Korn Ihnen sachte durch die Hand rieselt.

Nun erfassen Sie endlich die Wirklichkeit. Oder streifen wenigstens daran. Sie werden zum Maler, zum Bildhauer. Ein Junge nutzt das aus, um Ihnen die Taschen zu leeren, und Sie lächeln glückselig in das jetzt schon brandheiße Licht, das überall hindringt und die Anchovisfässer in Ali Babas Höhle verwandelt. Die irdenen Krüge ringsum, randvoll mit Oliven, sind Zeugen einer andersartigen Kultur: Die Hitze hat die Butter aus dem Feld geschlagen, die Olive beherrscht das Terrain.

Mit einem Mal schwindet Ihre Zaghaftigkeit, und Sie getrauen sich zu fragen, was jeder schon immer wissen wollte: Wie stellt man es an, einmal grüne, einmal schwarze Oliven zu bekommen? Geschmeichelt setzt nun der Händler, ein Jude aus Saloniki mit schöngezwirbeltem Schnurrbart, Ihnen auseinander, daß die grünen unreif gepflückt werden, daß man sie ganz kurz in Kalkwasser einweicht, wodurch sie milder werden, und sie danach in Salzlake konserviert. Die schwarzen hingegen werden in reifem Zustand geerntet, dann aufgestochen und in Salz, Pfeffer und Öl eingelegt.

Und schon stehen Sie da, mit einem Tütchen Oliven bewaffnet, und spucken die Kerne auf eine Fahrbahn.

Marseille für Marseiller

Alles Gute hat gleichwohl ein Ende, und gegen fünf Uhr nachmittags stieß ich seinerzeit auf zwei Regimentskameraden, die unter die Strolche gegangen waren. (Letzte Zwischenbemerkung: Marseille ist ein Dorf, wo man im Versteck leben muß, um nicht unglücklich – nicht allzu unglücklich – zu sein.) Wir umarmten uns, und Arm in Arm ging's dann hinüber auf die andere Seite des Alten Hafens, zur Place de Lenche im Penier, einem Viertel, das, den Märchen- und Legendenverbreitern zufolge, mit seinen ausweglosen Gäßchen und seinen aktiven Helfershelfern das Paradies der Spitzbuben sein soll.

Tags zuvor waren zwei Zuhälter – zwei *Barbastres*, wie man hier sagt –, während sie gerade auf der Terrasse eines vielbesuchten Restaurants beim Diner saßen, mit einer 11,43er Pistole erschossen worden, einem Kaliber, das keinen Pardon kennt. Drei Tage zuvor hatte der Wirt einer Bar, kaum dreihundert Meter vom Polizeipräsidium, Schlag zwölf Uhr mittags sich vom Leben verabschieden müssen.

Wir waren offenbar mitten im Begleichen alter Rechnungen. Und wahrscheinlich würden diese drei Toten weitere Tote heraufbeschwören. Die Vendetta, die Blutrache, ist tabu.

»Was trinkst du«, fragte mich der kleinere meiner zwei Begleiter. »Einen Marc.«

»Garlaban?«

»Pardi!« Sie folgten meinem Beispiel. »Jetzt erzählt mir mal«, fing ich an. »Was ist los in der Stadt? Was bedeuten denn diese Hinrichtungen?« Sie schauten einander an und zuckten die Achseln, schließlich brummte der Größere: »Sie haben nichts miteinander gemein, diese beiden Affären. *Nada di nada!* Das ist ein Journalistentrick. Und außerdem – die Luden, das ist nicht unsere Welt. Die sind für mich zum Kotzen.«

Ich nahm das hin. Trotzdem aber bringt die Prostitution in Marseille – den Handel mit Transvestiten, der ein lokaler Erwerbszweig ist, noch gar nicht gerechnet – große Summen ein, und ich sah, daß das »Milieu« kaum auf solche Einkünfte verzichten würde. Ein Polizeibeamter, dem ich bei einer politischen Versammlung begegnete, hatte mir versichert, der Sex bringe allmonatlich im Durchschnitt zweieinhalb Milliarden alte Francs (die Marseiller rechnen immer noch auf diese Art) ein.

Als ich die beiden nachts verließ, begegnete ich, wie der Zufall es am Tresen will, einem beschwipsten Legionär, der sich auf Polnisch das Heimweh vom Herzen sang und der mir nicht von der Pelle wich, bis ich ihm versprochen hatte, seine Verlobte im fernen polnischen Gdingen zu grüßen, die wohl unwiderstehlich nach Rauchfleisch und Wodka riecht.

Das provençalische Restaurant, die Monarchisten, die Regimentskameraden, die Strolche, der Krieg zwischen den Gangs und das nostalgische weiße *Képi* der Fremdenlegionäre – wirklich, Lulle hatte sich nicht geirrt: Marseille war ein riesenhafter Blätterteigkuchen, und der würde auch nicht anders werden, nicht einmal nach dem Ende der Herrschaft des Bürgermeisters Gaston Defferre, das ja früher oder später einmal kommen wird.

Von Zeit zu Zeit stirbt ein Gauner unter Schüssen aus nächster Nähe, ein Mädchen bekreuzigt und verkauft sich, ein Schrottmilliardär geht einen trinken, zusammen mit seinem Schrottplatzarbeiter, der insgeheim der Polizei einen Tip gibt, und ein junger Leichtfuß, ein Romantiker, der die Mittelmäßigkeit ringsum nicht mehr erträgt, schaut ein letztes Mal voll in die Sonne und steigt dann zwanghaft und gehetzt im Gare Saint-Charles, dessen Treppen einen an die Treppen von Odessa in Sergej Eisensteins Film »Panzerkreuzer Potemkin« denken lassen, in den TGV in Richtung Paris – denn es gibt ja keine Segelschiffe mehr, die den Anker lichten, um zu den Inseln unter dem Winde zu segeln.

Und doch ist das immer noch Marius. Immer noch das Feuer der alten Legenden.

Und das ist auch der Grund, weshalb man Marseille verläßt, und weshalb man mitunter auch zurückkehrt.

Denn uns alle verlangt nach Lächerlichem und nach Großartigem, und Marseille, das sich schrankenlos frei gebärdet, schenkt das eine wie das andere einem jeden, der die Augen aufmacht – und das Herz.

STEFAN ZWEIG

(1881–1942)

Hôtel Beauvau

Am 4. November 1925 schreibt Stefan Zweig seiner Frau Friederike einen Brief aus dem Beauvau in Marseille:

Ich habe als Hotel gefunden, was mir ganz zusagt, altes Haus ohne Restaurant, das einzige, das Blick auf den Hafen hat (ich fotografiere ihn Dir morgen vom Fenster), ein Zimmer spaziös, so daß ich auch arbeiten kann. Auch sonst scheint Marseille ganz das zu sein, was ich will – eine lebendige Stadt. Mit 5 Minuten Tramwayfahrt ist man an der Corniche mit Tropenbäumen und Blick auf das Meer. Mir lieber als Kurorte, wo nur langweilige Müßiggänger sind. Das Leben üppig und vor allem lebendig. Und Ruhe inmitten Lebendigkeit, Einsamkeit im Zentrum einer Bewegung war das, was ich suchte. Während ich Dir schreibe, sehe ich von Zeit zu Zeit rasch zum Fenster hinaus: mich mahnt's an das Alsterbassin und mein Hamburger Zimmer, nur freilich das Klima: laue, durchsonnte Luft mit unzähligen Farbtönen vom Grellen die Scala herunter bis zu diesem Brume, der an Paris erinnert. – Ich bleibe jedenfalls acht bis zwölf Tage, vielleicht gehe ich noch auf jene Inseln (Hyères) als bescheidene Kompensation meines Balearentraums. Laß es Dir inzwischen gut gehen und sei vielmals gegrüßt von Deinem Dich in französischer Währung tausendmal Küssenden – ist das nicht genug? – sonst Schweizer Währung.

Der Ausflug nach Hyères fällt ins Wasser. Ein paar Tage später schreibt er:

Nach Hyères bin ich nicht gefahren, weil die See unruhig ist – es war ein beispielloser Mistral bei strahlend klarem Himmel und tiefblauem Meer. Speien kann ich auch zu Hause, wenn ich die österreichischen Zeitungen lese: dazu muß ich nicht nach Hyères fahren.

Im Café

Als Treffpunkt für die Männer des Dorfes dient das Café während der Apéritifstunden von zwölf bis ein Uhr vor dem Mittagessen und von sechs bis sieben Uhr vor dem Abendessen. Die beiden Apéritifstunden unterscheiden sich wesentlich. Die Mittagsstunde ist die Zeit für die städtischen Leute. Rivet, der Ratsschreiber, Avenas, der Schneider, Porte, ein pensionierter Radiotechniker der Marine, der wegen der Jagd aufs Land gezogen war – alle drei aus Marseille –, sind mittags immer im Café. Auch Barbier, der Notar, kommt oft. Er ist in Peyrane geboren, aber in Aix und Paris ausgebildet. Doktor Magny schaut meistens montags und freitags herein und manchmal auch mittwochs, wenn er nicht viel zu tun hat. Chobaut, der höfliche *cafétier* ans Nizza, ist der Mittelpunkt der Gruppe. Natürlich sind die Einsamen auch da, aber man nimmt kaum Notiz von ihnen, und sie beteiligen sich nicht an der Unterhaltung. Ab und zu ist einer der Männer an der Bar in Geberlaune und sagt: »Monsieur Maucorps sieht durstig aus. Geben Sie ihm auch etwas zu trinken«, und der Wirt bringt ein *canon* Rotwein zu Monsieur Maucorps, der sich murmelnd bedankt.

Die Gruppe an der Bar trinkt weder Rotwein noch Pastis, sondern die modischen und teuren wermutartigen Getränke der Städter. Wieviel jeder trinkt, hängt von der Anzahl der Anwesenden ab, denn es ist üblich, daß jeder eine *tournée* (eine Runde) bezahlt.

Dies ist ein feststehender Brauch, aber man kann ihn aus einem triftigen Grund leicht umgehen. Wenn jemand weggehen muß, bevor er seine Runde spendiert hat, sagt er: »Morgen bin ich an der Reihe«. Wenn jemand weggehen muß, bevor er von einer ihm zustehenden Runde profitiert hat, sagt er: »Morgen dann«. Aber »morgen« haben alle alles vergessen.

Die Unterhaltung beim mittäglichen Apéritif dreht sich meist um die mangelnde geistige Regsamkeit in diesem Dorf, in das man vom Schicksal verschlagen worden ist. Sie amüsieren sich über Ereignisse und Skandale, die typisch für die Dorfatmosphäre sind und ganz im Gegensatz zum Stadtleben stehen, das sie vorziehen.

Wenn von Politik die Rede ist, versucht Avenas, der einzige Kommunist der Gruppe, zu diskutieren. Niemand nimmt ihn ernst, und deshalb verschiebt man politische Gespräche auf die Tage, an denen er nicht da ist. Wenn Avenas aber zugegen ist, bildet er unvermeidlich das Ziel aller Scherze. Man macht sich lustig über seine Unfähigkeit als Präsident des Jagdklubs und über seine angeblichen Exzesse. Wenn Avenas nicht da ist, sind die Einsamen die Zielscheibe, aber sie profitieren davon, denn sie bekommen etwas zu trinken, wenn jemand von ihnen Notiz nimmt.

Gespräche über Sex sind für die Tage reserviert, an denen der Notar nicht da ist. Er ist nicht im mindesten prüde, aber er ist der Notar und verdient daher Respekt. In seiner Gegenwart dreht sich die Unterhaltung mehr um die Reisen, die er kürzlich gemacht hat, nach Italien, Spanien oder Paris, um die Hotels, in denen er gewohnt hat, und um das gute Essen. Autos sind ein anderer ungefährlicher und ausgiebiger Gesprächsstoff. Der Notar hat das größte, neueste und stärkste Auto im Dorf.

Um ein Uhr, wenn die meisten Dorfbewohner ihr Mittagessen beendet haben und die Kinder wieder zur Schule gehen, bricht diese Gruppe auf und geht zum Essen nach Hause.

Der abendliche Apéritifkreis ist größer und weniger intim. Es sind meistens außer den Einsamen zehn oder fünfzehn Ockerarbeiter, Handwerker und Bauern da. Das bevorzugte Getränk ist weder Rotwein, der Apéritif des armen Mannes, noch Wermut, der Apéritif der Bürger, sondern Pastis, das nach Anis schmekkende, milchige, süße Getränk, es ist in jedem Café Südfrankreichs der beliebteste Apéritif. Es spielt sich abends im Grunde alles so ab wie mittags, nur weniger formell. Die Männer stehen an der Bar oder sitzen an den Tischen, und die *tournée*-Gruppen gehen so durcheinander, daß man oft nicht weiß, wer an der Reihe ist zu bezahlen. Nur die Frau des Wirts findet sich zurecht; sie weiß genau, wer für wen bezahlt hat und vor allem, wer ihr noch Geld schuldet. Bei der allgemeinen Unordnung kann ein Mann, der nicht genug Geld für die ganze Runde hat, ohne Schwierigkeiten für sich etwas zu trinken bestellen.

In diesem abendlichen Kreis wird vorwiegend provençalisch gesprochen, und die Unterhaltung dreht sich vor allem um Jagd, Kriegserinnerungen, Klatsch und Politik. Wenn die Männer über Politik sprechen, wird die Atmosphäre gespannt. Wird einer allzu heftig, so rettet ein anderer mit einem Scherz die Situation, und die Diskussion beruhigt sich. Der

Betroffene murmelt eine Weile vor sich hin, überwindet aber bald seine Verstimmung und nimmt wieder an der Unterhaltung teil.

Beim Apéritif abends wird mehr getrunken als mittags. Die meisten Männer werden offensichtlich vom Alkohol angeregt. Sie sprechen laut, und die Unterhaltung ist lebhaft, aber selten ist einer betrunken. Der einzige chronische Alkoholiker des Dorfs trinkt für sich allein. Ich erlebte nur selten Fälle von Betrunkenheit, zum Beispiel, wenn ein Einsamer Arbeit bekommen hatte, gerade ausbezahlt worden war und dann mehr getrunken hatte, als er gewohnt war. Bei diesen Gelegenheiten wird der Einsame lebendig. Er beteiligt sich aggressiv an den *tournée*-Gruppen. Er besteht darauf, alle einzuladen. Er reißt die Unterhaltung an sich. Er ist nie stockbetrunken, aber sein Benehmen stört die anderen. Wenn er beim Trinken friedlich wird, sind die Männer freundlich mit ihm, aber scherzen mit ihm wie mit einem unverständigen Kind. Zeigt er sich laut und aggressiv, so wenden sie sich von ihm ab. Der *cafétier* gibt ihm nichts mehr zu trinken und legt ihm nahe, nach Hause zu gehen, um zu schlafen. Beleidigt geht er fort, und die Atmosphäre im Café wird wieder normal.

Um sieben Uhr sind die meisten Männer nach Hause gegangen. Wenn einer noch verweilt, schickt seine Frau eines der Kinder, um ihm zu sagen, daß das Abendessen fertig sei. Aber das Kind wird so herzlich empfangen, daß es oft den Zweck seines Kommens vergißt. Die Männer geben ihm die Hand, scherzen mit ihm, und der Vater gibt ihm ein Schlückchen Pastis. Dann mischt der *cafétier* für das Kind ein

Getränk aus Grenadine oder Pfefferminzsirup mit Mineralwasser, und es bleibt der Mittelpunkt, bis es »Danke, Monsieur« gesagt hat.

Gewöhnlich geben Vater und Kind einige Minuten später allen die Hand, bedanken sich noch einmal beim *cafétier* und gehen nach Hause zum Abendessen. Wenn sie noch eine Weile zögern, erscheint die Mutter an der Tür des Cafés, ärgerlich, aber lächelnd.

»*Aimé*, das Abendessen wird kalt. Hat das Kind es nicht ausgerichtet?«

»Ja, ja, ja. Ich komme gleich.«

Aber er geht nicht gleich. Er wartet noch ein paar Minuten, um sich nichts zu vergeben. Kurz darauf bezahlt er jedoch und eilt nach Hause.

Um ein halb acht sind alle außer den Einsamen gegangen, und der *cafétier* und seine Frau können zu Abend essen.

Abends ist es ruhig im Café. Meist kommen nur vier oder fünf *habitués:* der kleine Avenas und seine Frau, zwei oder drei ältere Junggesellen und Raoul Pascal, der abends nicht zu Hause sein möchte. Sie spielen Karten, und die Einsamen schauen ihnen zu. Fehlt ein Spieler, so bittet man einen der Einsamen mitzuspielen. Der Abend zieht sich hin, vor allem für den *cafétier*, der kaum genug Getränke verkauft, um Licht und Heizung davon bezahlen zu können. Um zehn oder ein halb elf Uhr hören sie auf zu spielen, und die Verlierer bezahlen die Getränke. Man unterhält sich noch eine Weile, und schließlich gehen die Avenas und die anderen *habitués* nach Hause. Die Einsamen werden freundlich, aber deutlich aufgefordert, das Lokal zu verlassen, und endlich kann der *cafétier* schließen und zu Bett gehen.

PETER MAYLE

Bar Moderne

Ich wollte in der Bar Moderne, dem Café in Dabisse, auf ihn warten.

Ländliche Bars spiegeln in der Regel den Charakter der Landschaft wider, und das nackte, karge Innere der Bar Moderne hatte tatsächlich etwas von der Strenge einer vom Wind gebeutelten Hügelkuppe in der Haute Provence. Mit jedem eintretenden Gast kam ein Schwall kalter Luft durch die Tür, der aber, sobald die Anwesenden und der Neuankömmling sich begrüßt hatten und anfingen, sich zu unterhalten, von einer ausgesprochen hitzigen Atmosphäre abgelöst wurde. Männer, die ihre Arbeit im Freien verrichten, wo einer weit weg vom anderen ist und sich jeder Satz gegen ratternde Traktoren behaupten muß, scheinen eine größere Stimmgewalt zu entwickeln. Sie brüllen sich regelrecht an, ihr Lachen hat die Resonanz einer kleinen Detonation.

An diesem Tag wurde eine interessante Auswahl von Kopfbedeckungen zur Schau gestellt, vorgeführt von Repräsentanten dreier Generationen. Der älteste Anwesende – er saß tief über ein Glas Pastis gebeugt in der Ecke und ließ den Finger ständig schützend auf dem Rand des Glases kreisen – trug etwas, was gewisse Ähnlichkeit mit der Kombination eines russischen Panzerkommandanten im Zweiten Weltkrieg haben mochte, eine Segeltuchkreation in Olivgrün, mit breiten Achselklappen bestückt, die links und rechts seines ungegerbten, weißfleckigen Gesichts wie Hundeohren herunterhingen. Seine jüngeren Zechkumpane hatten entweder flache Kappen oder bauschige Wollmützen auf; einer hatte sich beides aufgesetzt, die Mütze so über die Kappe gestülpt, daß die bis tief in die Stirn ausweichen mußte. Nur der junge Mann hinter der Bar ließ mit seiner Baseballkappe Zugeständnisse an die aktuelle Mode erkennen.

Auf dem Bildschirm des Fernsehapparats, der auf einem Stützbrett an der hinteren Wand ruhte, verrenkten sich Bewohner eines anderen Planeten die Glieder und versuchten offenbar, durch stumme Mundbewegungen die Kundschaft auf sich und ihr Musikvideo aufmerksam zu machen, aber die nahm keine Notiz von ihnen. Ein Hund umkreiste in der Hoffnung auf Zuckerstücke die Tische. Ich trank ein Glas eiskalten Rotwein und starrte durchs Fenster auf den plötzlich dunkler werdenden Himmel. Die Sonne war verschwunden. Der Wind trieb eine Bank schwerer, zinnfarbener Wolken vor sich her, ich sah schwarz für die Hügel.

LAWRENCE DURELL

Pétanque

»Mein Werk ist jetzt beendet. Im Moment«, sagt Durrell ernst, »lebe ich im Ruhestand und bin sehr zufrieden. Alles, was ich machen wollte, habe ich getan. Besser konnte ich es nicht machen, und damit gebe ich mich zufrieden. Sollen nun die anderen ihr Urteil fällen – ich ruhe mich aus. Ich werde Präsident vom ›Club der dritten Boulekugel‹. Ganz gelassen.«

Zum ersten Mal lächelt er entspannt. »Es ist ein faszinierendes Spiel. Und in der Provence spielt es eine große Rolle. Hier heißt es Pétanque, das bedeutet auf provençalisch ›Füße zusammen‹. Es gibt da eine Redensart, über deren Herkunft ich mir schon seit langem Gedanken mache. Wenn man beim Boule verloren hat, dann heißt es *embrassez Fanny*, also die ›Fanny küssen‹. Fanny ist die Darstellung eines jungen Mädchens, das seinen Rock hebt und einen hübschen Teil seines Rückens blicken läßt. An Baumstämme gespickte Postkarten mit diesem mysteriösen Symbol hängen zum Beispiel auf den großen Bouleplätzen in Nîmes. Und nicht nur dort kann man die Verlierermannschaft beobachten, die Fanny als Akt der Unterwerfung einen Kuß aufs Hinterteil drücken muß.«

Ein Klempner erzählte mir einmal, daß seine Mannschaft beim Boule keine Fanny bei sich hatte. Da hat er der Mannschaft sein kleines Kind für den Büßerkuß zur Verfügung gestellt.

»Die Mannschaft von Sommières hat sogar eine richtige Figur. Sie ist so wertvoll, daß keiner wagt, sie mit ins Freie zu nehmen, aus Angst, sie könnte geklaut werden. Sie ähnelt einer byzantinischen Ikone und ist mindestens eine Million Francs wert. Sie wird in einem Kasten aufbewahrt, der mit silbernen Verzierungen geschmückt ist und in einem Saal vom Café de L'Esplanade steht. Die Mannschaft, die verliert, muß ins Café gehen, um dem Hinterteil von Fanny ihre Reverenz zu erweisen – ich, wenn wir verlieren, eingeschlossen. Dieser kleine, mit vielerlei Dekorationen umgebene Po aus Wachs erinnert mich an Votivobjekte, wie man sie in den Kirchen des Mittelalters und sogar in noch früheren Epochen findet. Seit zwanzig Jahren versuche ich mehr über diesen Brauch herauszubekommen, aber ich finde einfach nichts Gedrucktes dazu.«

LAURENCE WYLIE

Boules

Auf der verwitterten Fassade des Cafés steht geschrieben: *Boules-Turnier jeden Samstagabend um neun Uhr.* Indem der *cafétier* diese Wettkämpfe organisiert und sein Café zum Treffpunkt für alle macht, die gern Boules spielen, wird mehr Kundschaft angezogen, und das Einkommen erhöht sich wesentlich.

Vom Frühling – wenn die Gärten in Ordnung gebracht sind – bis zum Beginn der Jagd im Herbst spielt auf der *place* vor dem Café immer irgend jemand Boules – und wenn es nur Voisin ist, der allein übt. Über der *place* sind Lampen aufgehängt (der *cafétier* bezahlt den Strom), damit alle, die Voisins Leidenschaft für Boules teilen, Tag und Nacht spielen können. Im Sommer spielt täglich etwa ein Dutzend Männer Boules bis ein, zwei oder drei Uhr morgens. Sie machen so viel Lärm, daß die Häuserpreise an der *place* gesunken sind. Drei Häuser stehen leer. Niemand will an einem so lauten Platz wohnen. Die meisten der Männer, die bis spät in die Nacht spielen, sind im Gegensatz zu Voisin ernsthafte Arbeiter. Raoul Pascal, der jeden Abend spielt, hat einen der am besten geführten Höfe in der Gemeinde.

»Wie können Sie am nächsten Tag arbeiten, wenn Sie jeden Abend so lange aufbleiben? Sind Sie nicht müde?« fragte ich ihn.

Er war überrascht. »Müde? Was macht das? Man muß eben aufstehen und arbeiten.«

Doch die meisten kommen nur, um beim Wettkampf am Samstagabend mitzuspielen – oder am Samstagnachmittag, an dem auch Wettkämpfe stattfinden, sofern sich genügend Spieler einfinden. Ein Wettkampf kann jederzeit arrangiert oder abgesagt werden. Es gibt Formalitäten, aber niemand nimmt sie ernst.

Obwohl der Wettkampf am Samstagabend auf neun Uhr festgesetzt ist, kommen wenige Spieler pünktlich. Sie kommen allmählich nach dem Abendessen, bestellen etwas zu trinken und unterhalten sich wie gewöhnlich, als ob nichts geplant wäre. Schließlich sagen einige: »Nun, was ist mit dem Wettkampf?«, und dann fangen sie endlich mit den Vorbereitungen an. Sie kassieren eine Mark von jedem der zwanzig oder dreißig Spieler, die am Wettkampf teilnehmen wollen. Von diesem Geld werden die ersten, zweiten und dritten Preise für die Gewinner bezahlt. Sie schreiben den Namen jedes Teilnehmers auf und geben ihm eine Nummer. Der *cafétier*, der zu viel mit dem Ausschank zu tun hat, um beim Arrangieren helfen zu können, gibt ihnen eine Zigarrenschachtel mit alten Nummernkarten, die sie in ein *béret* werfen, um die Mannschaft auszulosen. Jeder findet so seine Partner, holt seine Kugeln aus dem alten Kasten im Café, geht hinaus und klickt die Kugeln vergnügt aneinander. Der Wettkampf beginnt schließlich um halb elf.

Die Parteien bestehen aus ein, zwei oder drei (selten vier) Mann, von denen jeder zwei oder drei Kugeln hat. Eine Kugel muß einen Durchmesser zwischen sechs und acht Zentimetern haben und darf nicht mehr als ein Kilo wiegen. Das Spiel kann auf jedem Terrain gespielt werden, aber am besten ist eine harte und glatte Oberfläche. (Wenn die passionierten Spieler von Peyrane ihres gewohnten Terrains überdrüssig sind, spielen sie auf der asphaltierten Fahrstraße.) Das Spielfeld ist unbegrenzt. Man kann das Spiel überall spielen. Man braucht nur die Kugeln und eine kleine hölzerne Kugel, deren Durchmesser zweieinhalb Zentimeter ist und die *le but* (die Zielscheibe) oder *le bouchon* (der Korken) genannt wird.

Einer der Spieler beginnt, indem er die kleine Kugel in irgendeine Richtung fünf bis fünfundzwanzig Meter weit wirft. Dann wirft er eine seiner Kugeln so nahe wie möglich an die kleine Kugel. Einer der anderen Partei wirft dann die Kugel möglichst noch näher an die kleine Kugel heran. Danach versucht jede

Partei, ihre Kugeln näher an die kleine Kugel zu werfen als die Gegenpartei. Für jede Kugel, die näher an der kleinen Kugel liegt als die beste der Gegenpartei, bekommt die Partei einen Punkt. Das Spiel ist beendet, wenn eine Partei fünfzehn Punkte hat. Dann bezahlen die Verlierer den Gewinnern eine Runde.

Die wirklichen Schwierigkeiten des Spiels entstehen aus den verschiedenen Möglichkeiten, eine Kugel näher an die kleine Kugel zu bringen. Man kann »zielen«, das heißt einfach eine Kugel nahe in die kleine Kugel rollen. Man kann »schießen«, das heißt nach einer feindlichen Kugel werfen, um sie aus der Nähe der kleinen Kugel zu vertreiben. Man kann »auf die kleine Kugel schießen«, um sie von einer feindlichen Kugel wegzutreiben oder sie näher an eine eigene zu bringen.

Das Spiel wird beherrscht von den Entscheidungen, die eine Partei vor jedem Wurf treffen muß. Soll eine Kugel »gezielt« werden? Wenn ja, auf welche Weise? Mit viel oder wenig Drall? Welche Unebenheiten und kleinen Steine sind auf der Bahn, die die Kugel beeinflussen können? Ist das Terrain hart und schnell oder weich und langsam? Es werden eine Unmenge solcher Fragen besprochen. Die Spieler einer Partei können lange darüber diskutieren, wie geworfen werden soll. Scharfsinn, Humor, Sarkasmus, Beleidigungen, Flüche, logische Argumente, Demonstrationen eines Wurfes und Dramatisierung der Situation geben dem Spiel seinen eigentlichen Reiz. Zuschauer interessieren sich nicht für ein Spiel, dessen Spieler zwar geschickt sind, aber das Spiel nicht dramatisieren, sie drängen sich jedoch um ein Spiel, dessen Spieler nicht sehr gut spielen, die aber durch Witz, Dramatisierung und

Scharfsinn ihre Gegner zu überlisten suchen. Die beliebtesten Spieler sind aber natürlich diejenigen, die Gewandtheit mit Scharfsinn vereinen.

Der Jagdklub

Jagen ist die große Leidenschaft der meisten Männer von Peyrane. Solange die Jagd offen ist, verbringen sie möglichst wenig Zeit zu Hause und auf dem Feld. Die Bouleskugeln liegen ungenutzt auf dem Regal im Café. Belote wird nur abends gespielt. Zur Apéritifstunde dreht sich die Unterhaltung nur um das Jagen, das Zubereiten und das Verzehren von Wild. Die Dorfhunde, die sich sonst vom Abfall am Fuße der Felsen ernähren, sehen plötzlich gepflegt aus. Während der Jagdsaison sorgt man für sie wie für Kinder.

Das beste Terrain zum Jagen sind natürlich die einige Kilometer vom Dorf entfernten Berge. Dort kann man noch Großwild finden, sogar Wildschweine. Aber das Jagdgebiet in den Bergen wurde immer kleiner, da private Jagdklubs aus den Städten ganze Gebiete aufkauften. Auch hat man nicht immer Zeit, in die Berge zu gehen, und außerdem ist es schwierig, Transportgelegenheiten zu finden. Die meisten Männer von Peyrane müssen innerhalb der engen Grenzen der Gemeinde jagen. Deshalb ist das Wild in dem kleinen Gebiet von Peyrane sehr selten geworden. Meist kommen die Männer, wenn sie einen Vormittag lang gejagt haben, nur mit einem Kaninchen und einem oder zwei Vögeln in der Jagdtasche zurück. Oft ist die Tasche auch leer.

Mit Vögeln meine ich nicht Wachteln, Fasane oder Waldschnepfen. Solche Vögel werden zwar von den Jägern sehr geschätzt, aber sie sind selten geworden. Wenn die Leute von Vögeln sprechen, die sie jagen, meinen sie fast alle Sorten von Vögeln außer Krähen, Elstern und Spatzen. Drosseln schätzt man, aber noch mehr die *petits oiseaux* – »kleine Vögel« aller Art, Kleiber, Meisen, Zaunkönige, Grasmücken, Rotkehlchen usw. Ein Mann mag auf einer Jagd vielleicht nur einen oder zwei dieser kleinen Vögel schießen, das macht aber nichts, denn sie halten sich gut, so daß man sie ansammeln kann, bis es genug für ein Festessen sind. Manche Männer brüsten sich damit, fünfzig bis sechzig bei einer einzigen Mahlzeit gegessen zu haben, aber sie geben zu, daß man normalerweise ungefähr ein halbes Dutzend »kleine Vögel« zu sich nimmt.

Kleine Vögel werden nicht ausgenommen, bevor man sie zubereitet. Sie werden nur gerupft, mit Speck umwickelt, auf einen Spieß gesteckt und über dem Feuer gebraten. Man legt ein Stück Brot darunter, um das Fett aufzufangen. Man ißt die Vögel auf folgende Weise: Man nimmt das geröstete und mit Fett vollgesogene Stück Brot und legt die besten Stücke des Vogels darauf. Dies ist die eigentliche Delikatesse, aber man ißt auch den Rest des Vogels, die Knochen und den Kopf, die kaum mehr Konsistenz als die Gräten von Sardinen haben.

Die Jäger klagen, es gäbe weniger kleine Vögel als früher. Und die Bauern jammern, daß die Insekten mehr Schaden anrichten als früher. Um die Vögel anzulocken, werden im Wald lebendige Lockvögel ausgesetzt. Manche Männer ziehen selbst Lockvögel groß; Aldo Leporatti macht daraus ein Geschäft. Er hat Dutzende von Vögeln in kleinen Käfigen, die er das ganze Jahr über sorgfältig pflegt, um sie während der Jagdsaison zu verkaufen oder zu vermieten.

Wenn es reichlich Wild gäbe, wäre kein Jagdklub nötig, aber da es so knapp ist, müssen sich die Männer zusammentun, um den Wildbestand zu erhalten und, wenn möglich, zu vermehren. So besteht der Jagdklub alle Stürme von Individualismus und überwindet eine Krise nach der anderen. Er hat zwei Jagdhüter für wenig Geld angestellt, die das Wild von Peyrane vor Wilddieben und Raubtieren schützen. Wenn sie einen Wilddieb entdecken, benachrichtigen sie den *garde-champêtre*, den Dorfpolizisten, der befugt ist, die Schurken zu verhaften. Wenn ein Fuchsbau entdeckt wird, setzen die Jagdhüter ihre Gasmasken auf, treiben die Füchse mit Gas aus dem Bau und erschießen sie. Der Jagdklub kann sich anderen Klubs des Departements angliedern.

MARCEL PAGNOL

(1895–1974)

Die Jagd am Taoumé

Nach dem Heldenepos der Bartavellenjagd wurde ich ohne weiteres in die Gilde der Jäger aufgenommen, aber nur als Treiber und Jagdhund.

Jeden Morgen um vier Uhr öffnete mein Vater unsere Zimmertür und flüsterte: »Willst du mitkommen?«

Weder das laute Schnarchen meines Onkels Jules noch das Geschrei des Vetters Pierre, der gegen zwei Uhr morgens seine Milchflasche verlangte, hatte die Kraft, meinen Schlaf zu stören. Aber das Geflüster meines Vaters holte mich sofort aus dem Bett.

Ich zog mich leise im Dunkeln an, um unseren kleinen Paul nicht aufzuwecken, und ging in die Küche hinunter, wo Onkel Jules mit geschwollenen Augen und dem etwas verstörten Ausdruck von Erwachsenen, die noch nicht ganz wach sind, den Kaffee wärmte. Mein Vater packte die Jagdtaschen, ich füllte die Patronengürtel auf.

Geräuschlos verließen wir das Haus. Onkel Jules schloß die Tür zweimal ab und legte den Schlüssel ins Küchenfenster, dessen Läden er zumachte.

Die Morgendämmerung war kühl. Einige verängstigte Sterne blinzelten blaß. Über den Feldern der Hochebene von Aigle säumten weiße Nebel die schwindende Nacht, und im Kiefernwäldchen von Petit-Oeil flötete eine melancholische Eule den Sternen ihr Lebewohl zu.

Im Schein der Morgenröte stiegen wir bis zu den roten Felsen von Redouneou hinauf. Wir gingen leise vorbei, denn Baptistin, der Sohn von François, lauerte hier den Feldammern auf, mit Weidenruten und Vogelleim, der ihm oft die ganzen Haare verklebte.

Im Gänsemarsch erreichten wir in der Dämmerung die »Hütte« von Baptistin, einen uralten Schafstall, in dem unser Freund François manchmal mit seinen Ziegen übernachtete: Dort auf der weiten Ebene, die zum Taoumé anstieg, ließen die roten Sonnenstrahlen nach und nach Kiefern und Wacholdersträucher hervortreten, und wie ein Schiff aus dem Nebel auftaucht, erhob sich plötzlich vor uns die Vorderseite des einsamen Berggipfels.

Die Jäger stiegen ins Tal hinunter; bald links nach Escaouprès, bald rechts nach La Garette und Passe-Temps zu.

Ich ging am Rand der Hochebene entlang, etwa dreißig bis vierzig Meter vom Felsenrand entfernt, und trieb ihnen alles, was flog, zu, und wenn es mir gelang, einen Hasen aufzuspüren, dann stürmte ich vor und gab wild mit den Armen Signale wie ein Matrose aus früheren Zeiten.

Sie kamen eilig herauf, und ohne Erbarmen hetzten wir das Langohr.

Nie, nein, nie mehr sahen wir eine Bartavelle.

Dabei suchten wir sie überall – ohne je darüber zu sprechen – besonders in der geweihten Schlucht unserer stolzen Jagderinnerung. Zwischen dichtem Eichenlaub und Weißdornsträuchern beschlichen wir sie auf dem Bauch kriechend, was uns erlaubte, Rebhühner, Hasen und einmal sogar einen Dachs zu überraschen, den Onkel Jules auf Gewehrlänge tötete.

Aber die Königsrebhühner waren in die Legende entflogen, und dort sind sie auch geblieben: sicher aus Furcht vor Joseph, was seinen Nimbus vergrößerte.

Von diesem Ruhm getragen, war er unbesiegbar: der Erfolg zeitigt oft das Talent. Überzeugt, daß er künftig den Königsschuß nicht mehr verfehlen könne, gelang er ihm bei jeder Gelegenheit und mit so spielender Leichtigkeit, daß Onkel Jules schließlich sagte:

»Jetzt heißt er nicht mehr Königsschuß, sondern Josephsschuß!«

FRÉDÉRIC MISTRAL

(1830–1914)

Weihnachten im Elternhaus

Mein Vater hing getreulich an alten Sitten und Gebräuchen, und der größte Festtag des Jahres war für ihn der Weihnachtsabend. An diesem Tage wurde früher als sonst Feierabend gemacht; dann gab meine Mutter jedem einzelnen unserer Leute einen schönen in Öl gebackenen Eierkuchen, eine Rolle Nougat, ein Bündel getrockneter Feigen, einen selbstgemachten Käse, ein wenig Selleriesalat und eine Flasche guten alten Wein – alles sauber in ein Tuch gepackt. Und hierhin und dorthin zerstreuten sich unsre Leute, um in ihrem Hause oder doch wenigstens in ihrer Heimat »den Julklotz anzuzünden«. Auf dem Hofe verblieben nur die paar armen Schlucker, die keine Familie hatten. Und manchmal erschien abends irgendein Verwandter und rief beim Eintritt ins Haus:

»Ein frohes Fest! Wir sind gekommen, um mit euch Vettern den Julklotz in Brand zu setzen.«

Fröhlich zogen wir alle zusammen aus, um den »Julklotz« zu holen, der nach altem Herkommen von einem Obstbaum stammen mußte. Alle faßten mit an, um ihn nach dem Hof zu tragen, der Älteste an einem Ende, und ich als Jüngster am andern; dreimal wurde er so in der Küche herumgetragen; dann blieben wir mit ihm vor dem Herde stehen; mein Vater begoß den Holzklotz feierlich mit einem Glas Wein und sprach dabei:

Freude! Freude!
Meine schönen Kinder, es segne uns Gott mit Freude!
Alles Gute kommt durchs Christfest:
Gott lasse uns in Gnaden das nächste Jahr erleben.
Und wenn er uns auch nicht vermehrt, mög' er uns
doch alle erhalten.

Und indem wir alle »Freude! Freude! Freude!« riefen, legte man das Stück Holz auf den Feuerbock nieder, und sobald das erste Flämmchen aufflackerte, schlug mein Vater das Kreuz und sprach:

Unser Julklotz
Steht in Brand

Und dann setzten wir uns alle zu Tische nieder. Statt des an einem Rohrstock hängenden »caleil«, das uns das Jahr hindurch mit seinem Docht zu leuchten pflegte, prangten heute drei Kerzen auf unsrem Tisch; und wenn sich der Docht irgendeinem der Anwesenden zuwandte, so war das eine üble Vorbedeutung. An jedem Ende der Tafel grünte in einem Teller junges, frisches Korn, das man am St. Barbaratage zum Keimen in Wasser gelegt hatte. Auf dem dreifachen, weißen Tischtuch erschienen nach der Reihe alle üblichen Gerichte. Die Weinbergschnecken, die jeder mit einem langen Nagel aus der Schale hervorzog; der gebackene Kabeljau und die Meeräsche mit Oliven; die Kardons, die Schwarzwurzeln, der Sellerie mit Pfeffersauce, und zum Schluß eine Menge Naschwerk – lauter Dinge, die es nur Weihnachten gab: in Öl gebackene Weißbrötchen, Traubenrosinen, Mandelnougat, Paradiesäpfel, und endlich und vor allem das große »Kalenderbrot«, das niemals angebrochen wurde, ehe man nicht nach frommer Sitte ein Viertel desselben an den ersten besten Armen verschenkt hatte.

Da man die Weihnachtsmesse abwartete, dauerte der Abend sehr lange; die ganze Zeit saß man ums Feuer herum, sprach von den Vorfahren und pries ihre Taten. Aber schließlich kam mein braver Vater doch wieder auf seine spanischen Erinnerungen und die Belagerung von Figuières zurück.

MARCEL PAGNOL

(1895–1974)

Weihnachten in der Provence

Am ersten Tag, am Weihnachtstag, gab es keine richtige Jagd. Wir mußten meiner Mutter helfen, das Haus in Ordnung zu bringen, zwischen die Fenster (durch deren Ritzen eisige Luft blies) Tuchwülste klemmen und aus dem nahen Kiefernwald einen ordentlichen Stapel Reisig holen. Obwohl wir mit alledem sehr beschäftigt waren, fanden wir noch Zeit, einige Fallen unter den Olivenbäumen, im gefrorenen und mit abgefallenen schwarzen Oliven übersäten Baoukogras aufzustellen.

Lili war es gelungen, Weidenruten, die er in feuchtes Löschpapier gewickelt hatte, in einem Kasten frisch zu halten; sie lockten inmitten der Oliven ein Dutzend

Drosseln an, die so vom Ast auf den Bratspieß kamen, um unser weihnachtliches Festessen zu vervollständigen. Das große »Souper der dreizehn Desserts« wurde noch am gleichen Abend vor dem knisternden Kaminfeuer eingenommen.

Lili – unser Ehrengast – beobachtete genau mein Benehmen und versuchte, den Gentleman nachzuahmen, für den er mich hielt.

In einer Ecke des Eßzimmers stand eine für die feierliche Gelegenheit zur Tanne erhobene Kiefer, an deren Zweigen ungefähr ein Dutzend neuer Fallen hing, dazu ein Jagdmesser, eine Schachtel Schießpulver, eine Eisenbahn zum Aufziehen und Draht um Schlingen anzufertigen; es gab Kandiszucker, eine Korkpistole und noch viele andere Herrlichkeiten. Lili machte große Augen und sagte kein Wort. Man hätte ihn stehlen können – er hätte es nicht bemerkt.

Es war ein unvergeßliches Ereignis. Ein so langer Abend, wie ich noch nie einen erlebt hatte. Ich delektierte mich an Datteln, kandierten Früchten und Schlagrahm; Lili stand mir so tapfer bei, daß er gegen Mitternacht nur noch ruckweise atmen und den Mund minutenlang nicht mehr schließen konnte. Dreimal schlug meine Mutter uns vor, schlafen zu gehen und dreimal weigerten wir uns, denn es waren noch Rosinen da, die wir ohne rechte Lust knabberten, nur weil sie für uns der Inbegriff des Luxus waren.

Gegen ein Uhr erklärte mein Vater, daß die Kinder jetzt gleich platzen würden, und stand auf.

Aber gerade in diesem Moment meinte ich von weither Onkel Jules' quietschendes Fahrrad zu hören. Sein Kommen erschien mir ganz unwahrscheinlich, denn es war ein Uhr nachts und fror Stein und Bein. Und ich glaubte, geträumt zu haben, als meine Mutter aufhorchte und überrascht sagte:

»Joseph! Das ist Jules! Es wird doch hoffentlich nichts passiert sein?«

Mein Vater horchte nun ebenfalls: Das Quietschen kam näher.

»Er ist's!« sagte er. »Aber reg dich nicht auf. Wenn etwas passiert wäre, hätte er nicht heraufkommen können.«

Er stand auf und öffnete weit die Tür. Wir konnten die Umrisse eines riesigen Bären erkennen, der die Riemen seines aufgeschnallten Gepäcks löste. Dann trat im langhaarigen Pelz der Onkel ein, um den Kopf vierfach einen langen Schal geschlungen. Er legte ein großes Paket auf den Tisch, sagte: »Fröhliche Weihnachten! « und fing an, seinen Schal aufzuwickeln.

Ich stürzte mich gleich auf das Paket. Noch mehr Spielsachen, noch mehr Fallen und eine große Tüte mit verzuckerten Kastanien sowie eine Flasche Likör.

Mein Vater runzelte die Stirn. Dann untersuchte er das in allen Farben schillernde Etikett und schien beruhigt.

»Endlich ein ehrenwerter Likör«, sagte er. »Es ist Glühwein, was soviel heißt, daß man ihm durch Kochen den Alkohol entzogen hat.«

Er schenkte jedem von uns einen Fingerhut voll ein, und das Fest ging weiter. Meine Mutter trug Paul nach oben, denn er war eingeschlafen.

Aus der Jagd am nächsten Tag wurde nichts, denn die Jäger gingen ohne uns fort. Wir wachten gegen Mittag auf, aßen eine Aigo-Boulido, Knoblauchsuppe, und verbrachten den Nachmittag friedlich am Ofen. Der kleine Paul, den seine Müdigkeit vor unseren Ausschweifungen bewahrt hatte, verspeiste die letzten glasierten Kastanien und verspottete uns als Schwächlinge. Aber die zweite Nacht machte alles wieder gut, und die Winterjagd konnte beginnen.

HELMUT DOMKE

Hirtenweihnacht

So am Tage vor Heiligabend, als wir die einzigen Menschen hier oben waren. Zwar hielt das Wetter an, aber allein blieben wir nicht. Schon am späten Nachmittag des 24. strichen die ersten Gestalten dem Kirchlein St-Vincent zu, einem kleinen Gotteshaus des 12. Jahrhunderts und so provençalisch, wie es im Buche steht.

Die »Fête du Pastrage«, die Weihnachtsmesse der Baux, vollzieht sich nach uralten und, wie man lesen kann, bacchisch beeinflußten Bräuchen. Als sie begann, war die Kirche längst gedrängt voll. Noch lange aber pochten ungeduldige Fäuste von Menschen ans Tor, die Einlaß begehrten, wo kein Strohhalm mehr Platz fand.

Zugegeben, es hob äußerst naiv an. Ein Lied der Hirtinnen klang auf, endlos, schleppend, ein wenig schrill, bis die Galoubets, die Hirtenflöten der Provenzalen, mit einer hohen, fast orientalischen Weise einfielen. Das wechselte so ab, Lied auf Lied, Passage nach Passage, bis Mitternacht, wobei zuletzt Flöte und Tambourin einzig das Feld beherrschten. Dann erst setzte jene Messe ein, um derentwillen die Leute von weither zusammengeströmt waren – die Mitternachtsmesse, die den Gardians oder den Hirten im Lande gehört, und die man auf gleiche oder ähnliche Weise landauf und landab feiert, von Maillane bis Méjanes.

Ah, wie fremdartig und dennoch faszinierend, wenn bei Introitus und Gloria die Galoubets erklingen! Wie wirklich ergreifend aber, wenn sich beim Offertorium alles erhebt, und kleine Engel in weißen Gewändern, einen goldenen Stirnreif mit dem Stern von Bethlehem um den Kopf, zu einer Prozession durch die Kirche antreten, der sich Schäfer und Schäferinnen anschließen: vom Altar wandelt man zum rechten Seitenschiff hinüber, zieht in diesem hinab, und nun durch das Mittelschiff zum Altar zurück. Jetzt freilich nicht mehr allein von den Engeln angeführt, sondern auch von einem zierlich geschnitzten Wagen aus Olivenholzstäben, den ein Schafbock mit mächtig geschweiftem Gehörn zieht. Auf dem Rücken trägt er eine golden gebordete, mit Sternen besetzte, rote Schabracke, in die Löcher geschnitten sind, damit die aufgebundenen Haarbüschel, Abzeichen und Stolz der Widder, hervorragen können. Über und über mit dünnen Kerzen ist dieser kleine Wagen besteckt, den er zieht; ein rollender Hügel schwankender Flämmchen. Im Fond dieses Gefährts liegt auf Stroh gebettet ein winziges, weißes, sehnsüchtig plärrendes, neugeborenes Lamm.

Vor dem Altar hat unterdessen der Priester Platz genommen, in seinen Händen eine kleine Figur des

Christuskindes. Der schönste Augenblick des Abends hebt an. Während der älteste der Hirten, angetan mit dem Pelerinenmantel, dem Geistlichen in provençalischer Sprache und mit gradezu höfischer Grandezza seine Reverenz entbietet, wird das Lamm aus dem Wagen gehoben und symbolisch dem Herrn dargebracht, worauf es einer der Hirten zum anderen weiterreicht. Das geht so: Hirt und Hirtin, ob jung, ob alt, nehmen das Lamm, verbeugen sich dankend, eine brennende Kerze in der Linken – die Männer in ihren meist braunen Pelerinenmänteln, die Frauen und jungen Mädchen aber in kostbaren Damasttrachten, über die Schulter ein Spitzentuch gelegt und den Kopf oder das Haarkrönchen unter der Spitzenhaube oder breitem Bordürenband verborgen … Einer nach dem andern, eine nach der andern treten sie vor, verneigen sich zeremoniös vor dem Priester, küssen das Christuskind, wenden sich, verneigen sieh abermals, geben das Lamm mit dem rosafarbenen Schleifchen weiter, während der nächste vortritt. Unterdessen ist alles aufgestanden, Galoubets und Tambourine fallen ein, und feierlich ertönt im provençalischen Idiom das frohlockende »Nun lasset uns anbeten«. In diesem zarten, beglückenden Augenblick, in dem alles eine einzige Familie ist, während die Kerzen flimmern und das kleine, weiße Lamm von Hand zu Hand wandert – in dieser Stunde sind die Hirten nicht mehr die wandernden Schäfer der Crau oder der Alpilles, vielmehr Träger und Propheten der erhabenen Botschaft, was gar nicht übel zu ihrem getragenen Wesen paßt. Jener frohen Botschaft, die eine der Hirtinnen, den Engel des Himmels vertretend, zuvor von der Sakristei aus den andern Hirten zugesungen, worauf der älteste Hirt in wundervollem, rhapsodischem Strom des Provenzalischen respondiert hat. Jener frohen Botschaft, die der Priester in den klingenden Kadenzen dieser Sprache verkündet. Im Augenblick der Darbringung des Lammes feiert das Provençalische seine größte Stunde.

Mein persönliches Sehnsuchtsland ist die Provence, seit ich meinen ersten Sommer vor 45 Jahren dort verbrachte. In diesem Land liebe ich alles. Mit all meinen Sinnen nehme ich das Land in mich auf und wenn ich dort bin, meine ich, nirgends sonst könnte ich mehr glücklich werden. Aus dieser tiefen Beziehung zur Provence habe ich Texte ausgewählt und habe vor allem Menschen zu Wort kommen lassen, denen die Provence so wie mir Heimat ist.

Nichts ist schöner als der weite Blick über die Hügel in allen Schattierungen von Ocker bis Grün vor dem matten Blau des Sommerhimmels. Das silbrige Grün der Olivenbäume vor einem herannahenden Gewitter, das Lila der Lavendelfelder vor den weißen Mauern der Abtei Senanque. Das flirrende Licht vor den Felswänden des Luberon und die warmen Rottöne im Land um Roussillon. Im Frühjahr das Meer vom Rosa der blühenden Pfirsichbäume vor einem tiefblauen Himmel.

In der nachlassenden Hitze des Abends über das Land gehen, begleitet von dem nie endenden schrillen Zirpen der Zikaden und erfüllt von dem Geruch des wilden Thymians. Oder das unbeschreiblich lebendige Lichterspiel unter dem Blätterdach der Platanen auf den Plätzen der Städte und Dörfer.

Ohne Zeit auf einer Mauer sitzen und den Männern beim Pentanquespiel zusehen. Die unnachahmliche Gestik, die gezirkelten Bewegungen bei jedem Wurf der Kugel, die nie endenden Diskussionen und die beruhigende Sicherheit, dass nichts auf der Welt die Männer von ihrem Spiel abbringen wird.

Und dann die Märkte. Wie soll ich in Worte fassen, was es für mich bedeutet, auf einem Markt in der Provence zu sein. Wieder sind es die Farben und die Gerüche, die auf einen einstürmen, von denen man nicht genug kriegen kann, wenn man sich im dichten Menschengewühl seinen Weg bahnt. In unwahrscheinlicher Fülle und Schönheit breiten sich die Früchte des Sommers vor einem aus. Da ist das dunkle Violett der Auberginen neben dem leuchtenden Gelb der Paprika, das warme Gelb der Melonen neben dem grünen Lila der Feigen und den gelbroten Farbtönen der Pfirsiche. Zucchini und Kürbisse in allen Schattierungen und der Salat in nie gekannter Vielfalt, von dunklem Grün über zartes Gelb bis hin zu rostigem Rot.

Aber was wären all die Farben ohne die Gerüche? Hier prüft die Nase und bestimmt den Wert des Gekauften. Der warme süße Duft der Honigmelone gleich neben dem unvergesslichen Geruch der vielen Olivensorten in ihren Holzbottichen. Von zart bis scharf der intensive Geruch über dem Tisch einer Bäuerin, die ihren Ziegenkäse verkauft und daneben einen großen Korb mit frisch geerntetem Knoblauch zum Verkauf anbietet. Zwischen den rosa Knollen steckt noch ein dickes Büschel frischen Basilikums.

Niemals möchte ich in der Provence sein und in einem Hotel leben. Ohne die Möglichkeit, anschließend selber zu kochen, wäre jeder Marktbesuch eine wahre Qual. So kann ich genau wie die Frauen um mich herum mit Händen, Augen und Nase die Ware prüfen, abwägen und dann in viel zu großen Mengen einkaufen. Kann nach Hause eilen und diese Fülle zu duftenden Speisen verarbeiten und anschließend unter einem schattigen Baum auf weißgedecktem Tisch servieren.

Tonschüsseln und Gläser, Flaschen mit eisgekühltem Rosé. Nicht allein oder zu zweit will ich in die Provence reisen, sondern mit Kindern und Enkeln, mit Freunden, denn alleine kann man diese Fülle an Lebensfreude nicht verkraften. Sicher etwas ungewöhnlich, aber zum Abschluß ein Rezept, eine kleine Chance, die Provence nicht nur zu erlesen, sondern auch zu erleben.

Sommergemüse:

2 große Auberginen in dicke Scheiben schneiden und die Scheiben eingesalzen ca. 20 Minuten ruhen lassen. Danach in einer Pfanne in Olivenöl auf scharfem Feuer von beiden Seiten braun anbraten, die Scheiben in breite Streifen schneiden. 10 große Tomaten kurz brühen, die Schale abziehen und in Viertel oder Achtel schneiden, 3 kleine Zucchini in dickere Scheiben schneiden, je 1 rote, 1 gelbe, 1 grüne Paprika in größere Würfel schneiden, 20 geschälte Knoblauchzehen, 20 geschälte kleine Schalotten. Alle Gemüse in eine Schüssel geben.

Reichlich Thymian, Rosmarin, einige Blätter Salbei, Bohnenkraut und Petersilie miteinander fein hacken und über das Gemüse streuen, salzen, pfeffern und über alles reichlich Olivenöl geben. Mit einem Kochlöffel alles gut vermischen und in eine ausgeölte Auflaufform oder Bratrein geben. In den auf 180° C vorgeheizten Ofen schieben und dort eine Stunde schmoren lassen. In der Form mit knusprigem Weißbrot servieren.

Bon appetit!

Sabine Schneider
Bakunybánk, 15. 8. 2000.

QUELLENVERZEICHNIS

Brassaï (1899–1984), *Besuch bei Picasso in La Californie.* Aus: Gespräche mit Picasso. Aus dem Französischen von Edmond Lutrand. (c) Rowohlt Taschenbuch, Hamburg 1985.

Jean Paul Clébert (geb. 1926), *Oppède le Vieux.* Aus: Vivre en Provence, in: Licht der Provence. Aus dem Französischen von Brigitte Beer. (c) DuMont Verlag, München 1978.

Jean Cocteau (1889–1957), *Hotel Welcome.* Aus: Hotels, ein literarischer Führer. (c) Eichborn Verlag, Frankfurt am Main 1996.

Sidonie-Gabriele Colette (1873–1954), *Das Haus in St-Tropez.* Aus: Die Erde mein Paradies. (c) S. Fischer Verlag, Frankfurt am Main 1967.

Alphonse Daudet (1840–1897), *Mistral, der Erneuerer der provençalischen Sprache.* Aus: La Provence, un florilège. Aus dem Französischen von Marlies Müller-Bek. DTV, München 1997. *Mit dem Schiff in die Camarque, Der Vaccarès.* Aus: Licht der Provence. DuMont Verlag, Köln 1978. *Die Sterne. Erzählung eines provençalischen Schäfers.* Aus: Briefe aus meiner Mühle.

Helmut Domke, *Fontaine de Vaucluse Die Geschichte der Marien, Eindrücke im Harmas, Hirtenweihnacht* Aus: Provence. (c) Prestel Verlag, München 1961.

Lawrence Durell (1912–1990), *Pétanque.* Aus: Merian Provence. (c) Hoffmann und Campe Verlag, Hamburg 1986.

Jean-Henri Fabre (1823–1915), *Die Besteigung des Mont Ventoux im Jahre 1865, Der Harmas, Pique-nique à la provençale.* Aus: Das offenbare Geheimnis. Aus dem Französischen von Kurt Guggenheim und A. Pottmann. Insel Taschenbuch Verlag 1977. *Le chant du grillon.* Aus: La

Provence, un florilège. Aus dem Französischen von Marlies Müller-Bek. DTV, München 1997.

Gustave Flaubert (1821–1880), *Kurze Reiseeindrücke.* Aus: Briefe. Herausgegeben von H. Scheffel. Diogenes Verlag, Zürich 1977.

Bischof Esprit Fléchier (1632–1710), *Der Glaubenskrieg.* Aus: Briefe des alten Frankreichs. Herausgegeben und übersetzt von Werner Langer. Diederich'sche Verlagsbuchhandlung, Leipzig 1941.

Paul Gauguin (1848–1903) und Camille Pissaro (1839–1903), *Über Cézanne.* Aus: Licht der Provence. Herausgegeben von Ingeborg Tetzlaff. DuMont Verlag, Köln 1978.

Francoise Gilot, *Pablo Picasso in Ménerbes oder Skorpione und Hörner.* Aus: Leben mit Picasso. Aus dem Französischen von Anne-Ruth Strauß. Kindler Verlag, München 1965.

Jean Giono (1895–1970), *Joffroi vom Maussan-Hof.* Aus: Joffroi vom Maussan-Hof. Aus dem Französischen von Friedrich Müller und Marlies Bek. DTV, München 1974.

Vincent van Gogh (1853–1890), *Ankunft in Arles, Die schöne Arlesierin, Über die Schwierigkeit, die Provence auf der Leinwand zu erfassen.* Aus: Vincent van Gogh, als Mensch unter Menschen. Henschel Verlag, Berlin 1959.

Gérard Guégen, *Markt in Marseille, Marseille für Marseiller.* Aus: Merian. (c) Hoffmann und Campe Verlag, Hamburg 1986.

Jean Guichard-Meili, *Die Kapelle in Vence.* Aus: Henri Matisse. Sein Werk und seine Welt. DuMont Verlag, Köln 1968.

Moritz Hartmann (1821–1872), *Avignon, die Stadt der Päpste, Les Baux..* Aus: Tagebuch einer Reise durch Languedoc und Provence. Societätsverlag, Frankfurt 1972.

Henri Matisse (1869–1954), *Die Befreiung 1944, Rückkehr nach Nizza.* Aus: Henri Matisse, Sein Leben und Schaffen, von Raymond Escholier. Diogenes Verlag, Zürich 1958.

Marie Mauron, *Mit dem Bus in die Hochprovence, Schafabtrieb im Herbst.* Aus: aqué menoun. Übersetzt von R. Römer. (c) Speer Verlag, München–Zürich 1953.

Peter Mayle, *Grasse, die Stadt der Düfte, Olivenernte, Bar Moderne.* Aus: Encore Provence. Übersetzt von Klaus Fröba. (c) Droemer Verlag, München 2000.

Frederic Mistral (1830–1914), *Die Sprache der Provence, Das Königreich Provence.* Aus: Mireille. Übersetzt von Hans Roesch. Coron Verlag, Zürich. *Weihnachten im Elternhaus.* Aus: Meine Welt. Übersetzt von E. von Kraatz. Coron Verlag, Zürich.

Thyde Monnier (1887–1967), *Fischmarkt in Toulon.* Übersetzt von Marlies Müller-Bek. DTV, München 1997.

Marcel Pagnol (1895–1974), *Der Steinmetz von Valréas, Herbstgewitter in den Bergen.* Aus: Eine Kindheit in der Provence. Übersetzt von Pamela Wedekind. (c) Albert Langen-Georg Müller Verlag, München 1961. *Leben mit den Jahreszeiten.* Aus: Die Wasser der Hügel. Übersetzt von Pamela Wedekind. (c) DTV, München 1968. *Die Jagd am Taoumé, Weihnachten in der Provence.* Aus: Eine Kindheit in der Provence. Übersetzt von Pamela Wedekind. (c) Albert Langen-Georg Müller Verlag, München 1961.

Francesco Petrarca (1304–1374), *Die Besteigung des Mont Ventoux im April 1336.* Aus: Die Besteigung des Mont Ventoux. Übersetzt von Hans Nachod und Paul Stern. Insel Verlag, Frankfurt 1996.

Marcel Pobé, *Stierkampf in Arles*. Aus: Provence. Wissenschaftliche Buchgesellschaft Darmstadt, 1962.

Gilles Pudlowski, *Sonnendurchtränkte Tafelfreuden.* Aus: Frankreich, eine kulinarische Reise. Aus dem Französischen von Maria Mill und Bruno von der Haar. (c) Christian Verlag, München 1990.

Fritz J. Raddatz, *Paradies im Schatten.* Aus: Merian, Mai 1986.

Rainer Maria Rilke (1875–1926), *Die Wallfahrt nach Saintes-Maries-de-la-Mer.* Aus: Mit Rilke durch die Provence. Insel Verlag, Frankfurt am Main und Leipzig 1998.

Marquise von Sévigné (1626–1696), *Tafelfreuden.* Aus: Licht der Provence. Herausgegeben von Ingeborg Tetzlaff. DuMont Verlag, 1978.

Stendhal (1783–1843), *Über die Liebe in der Provence bis zur Eroberung von Toulouse im Jahre 1328 durch die Barbaren des Nordens.* Aus: Über die Liebe. Übersetzt von Franz Hessel. Diogenes Verlag, Zürich 1981. *Im Schatten eines Bogens des Pont du Gard.* Aus: Provence, un florilège. Übersetzt von Ulrich Friedrich Müller. DTV, München 1997.

Ingeborg Tetzlaff, *Das Parlament von Aix und die Waldenser.* Aus: Die Provence. Verlag DuMont Schauberg, Köln 1975.

Alexander von Villers (1812–1880), *Am Strand von Antibes.* Aus: Licht der Provence. DuMont Verlag, Köln 1978.

Laurence Wylie, *Im Café, Boules, Der Jagdklub.* Aus: Dorf in der Vaucluse. S. Fischer Verlag, Frankfurt am Main 1969.

Emile Zola (1840-1902), *An Ninon.* Aus: Conte de Nion. Klosterbibliothek Panonnonhalma / Ungarn. Aus dem Französischen von Hinrich Schmidt- Henkel.

Stefan Zweig (1881–1942), *Hôtel Beauveau.* Aus: Hotels, ein literarischer Führer. Herausgegeben von Lis Künzli. Eichborn Verlag, Frankfurt 1996.

EUROPA ERLESEN

Bisher erschienen in der Reihe EUROPA ERLESEN folgende Bände:

AMSTERDAM, BARCELONA, BERLIN, BODENSEE, BUKAREST, DALMATIEN, DUBLIN, FRIAUL, GALIZIEN, ISLAND, ISTRIEN, KÄRNTEN, KARST, LAPPLAND, LIECHTENSTEIN, LJUBLJANA, MÄHREN, MOSKAU, MÜNCHEN, NIEDERÖSTERREICH, PLOVDIV, PRAG, ROM, SALZKAMMERGUT, SANKT PETERSBURG, SCHOTTLAND, SIEBENBÜRGEN, TIROL, TRIEST, VENEDIG, WIEN, ZÜRICH, SOWIE die Themenbände IN ANDERER AUGEN, DIE LETZTE REISE, SENZA CONFINI – BREZ MEJA – OHNE GRENZEN, WEIHNACHTEN UND WIENER EINSTELLUNGEN.

Pressestimmen zu EUROPA ERLESEN

Das alte Europa als unentdeckter Kontinent – dieses Paradox kann zumindest in einer Hinsicht Geltung für sich beanspruchen: Die literarische Landkarte des Abendlands weist gerade für den deutschsprachigen Leser noch viele weiße Flecken auf. Gerade in einer Zeit, die im Osten politische und im Westen ökonomische Grenzlinien zu Fetischen kultureller Identität macht, kommt der Aufmerksamkeit für Randregionen ein gesteigerter Wert zu: In der Schnittmenge von Eigen- und Fremdbild entsteht das unverwechselbare Profil von Gegenden, die sich selbstbewußt in die Vielfalt Europas einpassen.

Neue Zürcher Zeitung

Neu in der Reihe EUROPA ERLESEN

Literaturschauplatz

Der Wieser Verlag leistet innerhalb der Reihe EUROPA ERLESEN einen weiteren kartographischen Beitrag, indem er eine zweite Abteilung begründet: den Literaturschauplatz.

Wir eröffnen diese mit Pazin in Istrien mit dem ersten vorliegenden Band. In loser Folge werden weitere literarische Werke des erlesenswerten Europa folgen.

EUROPA ERLESEN
Literaturschauplatz Pazin

Jules Verne:
Mathias Sandorf
Gebunden, Fadenheftung, Prägedruck,
bedruckter Vor- und Nachsatz

740 Seiten, nur öS 288,-/DM 39,60/sfr 38,-
ISBN 3 85129 287 1

Der Roman »Mathias Sandorf«, eine Geschichte des Widerstandes der Magyaren gegen die Vorherrschaft der Habsburger innerhalb der k. und k.-Monarchie. Der Anführer Mathias Sandorf wurde in die Festung von Pazin verbracht und dort festgehalten. Für die Schergen ein sicherer Ort, über einem Felsvorsprung gelegen, der eine Flucht von vornherein ausschloß.